进击吧！白雪殿下

Go Snow Attack! Prince

猫小白 著

天津出版传媒集团

天津人民出版社

图书在版编目（CIP）数据

进击吧！白雪殿下 / 猫小白著． —— 天津：天津人
民出版社，2017.5（2020.3重印）
ISBN 978−7−201−11541−2−01

Ⅰ．①进⋯ Ⅱ．①猫⋯ Ⅲ．①中篇小说−中国−当代
Ⅳ．①I247.5

中国版本图书馆CIP数据核字(2017)第067305号

进击吧，白雪殿下

JINJIBA! BAIXUE DIANXIA

猫小白 著

出　　版	天津人民出版社
出版人	刘　庆
地　　址	天津市和平区西康路35号康岳大厦
邮政编码	300051
邮购电话	（022）23332469
网　　址	http：//www.tjrmcbs.com
电子信箱	reader@tjrmcbs.com

责任编辑	玮丽斯
特约编辑	易　姣
装帧设计	胡万莲
责任校对	落　语

制版印刷	三河市华东印刷有限公司印刷
经　　销	新华书店
开　　本	660毫米×960毫米　1/16
印　　张	16
字　　数	150千字
版权印次	2017年5月第1版　2020年3月第2次印刷
定　　价	42.80元

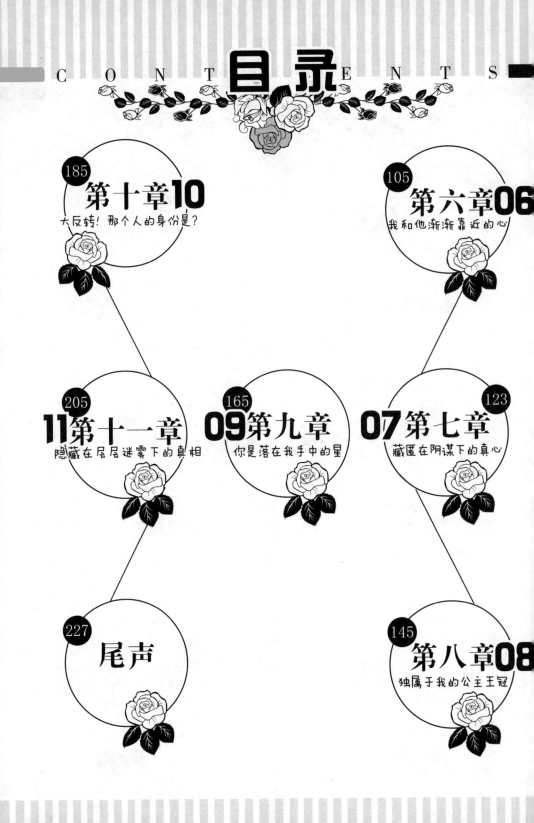

目录
CONTENTS

楔子

"《偶像驾到》的开幕式即将开始，请大家耐心等待，少安毋躁……"

天边血色的云霞被夜幕取代，衬出人间的流光溢彩。高耸的大楼前，车水马龙。一个个身着名贵款式的社会名流，踏着优雅的脚步走上长长的红毯，无数闪光灯在他们的身边亮起，就像银河上的璀璨繁星。红毯的尽头，连接着一个金碧辉煌的世界，两名长相俊秀的侍者站在门前，面含微笑，微微躬身，像是在恭敬地等着这个世界的公主重新归来。

伴随着优雅的小提琴乐曲，大家举着高脚玻璃杯，穿梭在宴会里，时不时交谈几句。

"不愧是夏雪事务所，连开幕式都举办得这么豪华。"

"毕竟从预告片开始，《偶像驾到》就成了W电视台的人气节目。听说请的人是网络人气最高的四个美男，自然……"

"对对对，我听说原社长也参加了……"

窃窃私语的声音伴随着乐曲的终止也停了下来，一位漂亮的女主持人走上台，声音清朗地说着开场语："感谢大家在百忙之中莅临《偶像驾到》这档真人秀综艺节目的开幕仪式。众所周知，这档定位为偶像综艺的节目，由夏雪事务所投资拍摄，并且在开播之前就获得了极高的人气。"

她的声音活泼而富有感染力，底下的听众也兴致高昂起来。

"而节目的模式……"主持故意停了一下，吊着大家的胃口，随后将目光转向台侧，极为热情地说道，"就让夏雪事务所的社长，也是参加录制的高人气花美男亲自为大家介绍吧！"

台下爆发出热烈的掌声，受邀而来的记者急不可耐地举起手中的照相机。

突然，聚光灯投射在一个男生的身上，他穿着裁剪得体的黑色西装，安静地站在舞台上的香槟台旁；头顶精致的水晶灯洒下柔和的光，蓝色领带松松垮垮地系在脖颈上，打底的白色衬衫也被解开了一个扣子，配着他似笑非笑的脸庞，透出一股玩世不恭的气息。

"大家好，我是原一琦，夏雪事务所的社长。"聚光灯下的男生微微一笑，漫不经心地自我介绍。

台下的人如梦初醒，镁光灯疯狂闪烁起来，"咔嚓咔嚓"的声音不绝于耳，纷纷抓拍原一琦的特写镜头。

身为全国最大的娱乐公司——夏雪事务所的社长，原一琦今年才十九岁，是当之无愧的商业天才，他的父亲原茗雅拿过好几次终身成就奖，是风靡全国的影帝，他的魅力在俊美无俦的儿子身上体现得淋漓尽致，虽然原一琦并没有想要踏入娱乐圈，但已经拥有了一大批粉丝。

因此，这档《偶像驾到》综艺节目虽然还没开机，就早早地吸引了无数目光与关注。

"……这是一档全新的节目，我们不但邀请了来自各个领域，由网络选出的四位高人气美男，最最特别的是，我们唯一的女嘉宾，也就是节目中的'公主殿下'，是从平凡女生中抽奖产生的！她会和我们共同参加录制。最

后由观众在网上投票选出'梦幻王子CP（官方配对）'。"

介绍完，原一琦扯了扯领带，露出一丝嫌弃的表情，要不是受到老爸的胁迫，谁会参加这种节目啊。

台下的记者还不等他讲完，就拿起话筒七嘴八舌地问了起来。

"原社长，我听说这位女嘉宾的名字已经出来了，这位幸运的小姐叫优白雪，对吗？"

"参加节目的花美男还有谁，能透露更多的信息吗？"

"优白雪小姐来了吗？她现在是不是也在现场？"

……

原一琦俊秀的面容沉静如水，他微微张开薄薄的唇："这位优白雪小姐……"

这个所谓的女嘉宾，肯定又是那种讨厌的粉丝吧，看到美男就尖叫的那种……他可一点儿也不感兴趣。

原一琦正打算将这件事归为"秘密"糊弄过去，忽然听见砰的一声巨响，一位穿着白T恤和牛仔裤，与宴会格格不入的女生气势汹汹地打开了大门。她有着健康的小麦色肌肤，扎着利落的马尾，有点儿婴儿肥的脸蛋看起来朝气蓬勃。

不速之客驾到，原一琦不由自主地闭上了嘴巴，周围的人也好奇地打量着这位少女。

半晌，有人窃窃私语："这个女生好像就是优白雪。"

优白雪一进门，目光就落在了最显眼的舞台上，她只是匆匆瞥了一眼原一琦，就径直走了过去，干脆利落地爬上台。

没有一丝防备，她开始高声宣布："我，优白雪，绝对不会参……"

话才说到一半，忽然，香槟台顶上的水晶灯闪耀出一连串的火花，骤然间，整个场馆变得一片漆黑，紧接着，优白雪的声音响起，她惨叫了一声。

"啊！"

"砰！"

随着一声玻璃碎裂的声音，身处黑暗中的人们骚动起来。

"发生了什么？"

"快！是电线短路，快去找工作人员来！"

……

电路很快就被人修好了，大厅内重现光明。

大家刚松口气，却听有人声音颤抖地说道："快，快看那个女生！"

他们下意识地看了过去，就见之前还朝气十足的女生此刻正晕倒在地上，头上流着血，而在她旁边倒着一盏破碎了的水晶灯。

不知过了多久，大家终于意识到发生了什么，慌张地叫嚷道："叫医生！快去叫医生过来！"

樱

子

GO ATTACK! SNOW PRINCE

第一章
倒霉的乌龙抽奖券

01

1

这是哪里？

我艰难地睁开双眼，意识恍惚，视野中一片朦朦胧胧，眼前洁白的墙壁也仿佛离我忽近忽远，后脑勺传来一阵阵钝痛，让我一时不明白现在是什么状况。

对了，我记得自己去了《偶像驾到》的开幕式……

可后来发生了什么？

我撑着背后的枕头坐了起来，还没看清楚周围的环境，房门就被推开了，有人走了进来，一个冷冰冰的声音突然在我耳边响起："优白雪，你醒了？"

他的语气虽然不太友好，但声音如大提琴般低沉悦耳，声音的主人是一位高大的男生，他将风衣搭在真皮沙发上，长腿交叠，闲适地向后倚着，乌黑的短发，墨色的双瞳如黑曜石一般，透着沉稳又暗藏光芒。阳光透过窗户倾洒进来，为他镀上一层柔和的光芒。

天使……

我看呆了，愣愣地看着他，半天回不过神来。

他挑起眉毛盯了我一会儿，勾起唇角，扯出一个恶劣的笑容："优白雪，怎么不说话？你是被砸傻了吗？"

我就像被迎面泼了盆冷水，顿时清醒过来，想也不想反击道："你才傻呢！"

长得那么好看，嘴巴这么毒！

毒舌男生从桌上拿起好几本杂志丢到我的床上，嘲弄道："既然不是傻，那就是故意的。"

我不明所以地拿起报纸看了起来，发现这些八卦杂志的头条居然都用各种加粗夺目的字体写着——

《大闹开幕式！少女疑似为嘉宾优白雪》《女嘉宾优白雪疑因追爱不得搅乱开幕式》《开幕式闹剧疑为节目炒作》。

有没有搞错！什么追爱，什么炒作，这些人未免也太能想了！

我愤怒地抬起头："这些都不是真的！我去开幕式是为了……"

"我今天来不是为了和你探讨这件事。"男生皱着眉毛，神情倨傲又冷漠地打断了我的话，"不管你因为什么来到开幕式，毕竟在宴会上受了伤，我会赔偿你。"

"赔偿？"我仔细地看了看他，怎么看怎么觉得眼熟，忽然脑海中灵光一闪，"我在预告片上见过你！你是夏雪事务所的社长原一琦！'最终偶像'就是你们事务所的节目！"

原一琦嗤笑一声，像是在看一场无聊的戏，他从口袋中拿出支票本，纤细的手指握着蓝色的笔，极快地写上了一个数字，薄唇轻启："赔偿你八百万够不够？"

八……八百万？

我待在原地，难以置信地掐了掐自己的脸颊："嘶……疼！"

好像没有听错，他说的确实是八百万。

原一琦满意地看着我的反应，扬起下巴，傲慢地说："不过，要得到这八百万，我还有一个条件。"

"条件？"我下意识地捂住胸口，警惕地说，"我可什么都没有。"

"你确实什么都没有。"他的目光意有所指地落在我的胸口，露出几分嫌弃，"别捂了，没人想对你怎么样。"

臭流氓！

考虑到自己现在住着的豪华单人病房是眼前这家伙提供的，我只能强行压下拿枕头砸他的冲动，闷声问："什么条件？"

原一琦笑起来就像个玩世不恭的小少爷，而他不笑的时候，就像高高在上的天神一般，带着不近人情的冷漠，他的声音凝了冰霜，话语中带着森然冷意："条件是，你要主动退出《偶像驾到》真人秀的拍摄。"

"退出？"

这真是一个意料之外的要求啊！

我怔了怔，内心霎时涌上一股喜悦……

简直太棒了！我本来就不想参加这个节目，借着这个机会退出，还能意外收获高达八百万的赔偿！

不过八百万是不是太多了？毕竟我昏迷时的医疗费都是他付的，从目前的状态来看，我伤得应该不太严重。

正当我陷入良心的谴责和金钱诱惑的战争时，原一琦等得不耐烦了，目光锐利地看向我："说实话，我没办法忍受一个会爬上香槟台、像猴子一样的女生成为这个节目的女主角。而且退出也是为你好，免得你将这种丑态暴露在全国观众的眼前。"

什么？猴子！

我强忍住怒气，咬牙切齿地说："那我谢谢你了！"

"不用谢。"

原一琦薄唇微勾，露出如恶魔般的笑容，似乎胸有成竹，我一定会选那八百万。

我优白雪可是个有骨气的女生！原本我就不想参加，可现在被贬低成这样，现在选择退出，不就相当于承认那些话了吗？

"你别太得意！"

我深吸一口气，想让自己平静下来，不要太冲动。

原一琦看着我愤怒的样子，眉头紧皱着，表情有些困惑："你不同意？难道说你不是为了钱……那是因为参加真人秀的男生中有你的偶像吗？"

他自顾自地猜测着："你是不是提前得到了消息，知道偶像要参加这次节目？纪星哲、成臻、凌千影，你是谁的粉丝？还是说……你是因为我？"

我冷静了下来，讽刺回去："都不是，少往自己脸上贴金了。"

原一琦竟然没有生气，还很认真地建议道："你是想借这个机会出道吗？普通女生借着高人气综艺节目出道当明星的例子也不是没有，不过以你这样的条件，就算是炒作进医院，也没什么用的。"

"谁会拿自己的生命去炒作啊！你这个自大狂！"

我终于忍不住了，抄起枕头向他砸了过去，可是动作太大，不小心牵动了伤口，疼得我一哆嗦，枕头也偏了，砸到原一琦身旁的墙壁上。

枕头虽然没有砸中原一琦，但他的脸色一下子沉了下来，目光就像凛冽的冰刃："喂！我很忙，没有时间和你绕来绕去，总之拿走这八百万，主动从《偶像驾到》这个节目里退出！"

这是什么态度？

"我一分钱都不要！"我气昏了头，脱口而出，"不过，《偶像驾到》这个节目，我参加定了！"

不想让我上节目对吧？我就偏偏上给你看！

2

我叫优白雪，是学校铁饼社唯一的女社员。至于我为什么会和夏雪事务所的社长原一琦在参加《偶像驾到》节目的问题上吵起来，还要从上个月的乌龙抽奖券说起。

一个月前，我参加了本校与外校联合举行的掷铁饼大赛。

虽然官方号称是友谊赛，但比赛很激烈，我天生力气就大，虽然是社里唯一的女社员，但我早就打败了社团里所有的男生，所以学校对我的期望很大。从预赛开始，一直挺进决赛，我所向披靡，力压群雄，毫不意外地摘下了第一的桂冠。

领到第一名的奖金，又正好赶上周末，我就约上最好的朋友施诗一起去新开张的蜜桃游乐园玩，好好庆祝一下。记得那天我刚下车，就看见施诗站在游乐园门口等着了，她穿着粉色连衣裙，光是站在那里什么也不做，就透着慵懒又迷人的风情。

我赶忙向她跑了过去，喘着气说："等久了吧？"

"我才来一会儿。"施诗摇摇头，从包里拿出一个被缎带细心包好的礼物盒，笑意盈盈地递过来，"给！庆祝你获得冠军的礼物！"

施诗虽然长相艳丽，容易被人误解难以相处，但她其实是个单纯善良的姑娘，一直很为我着想，是我最好的朋友。比如这次，她就送了我一个白色的运动护腕，靠里的一端还绣着我的名字。

她认真地说："白雪，你做什么都很拼，这个送给你，希望它能保护你运动的时候不受伤！"

我将护腕套上，感动地一把抱住她："施诗，还是你对我最好了！"

"肉麻死了，还是快点儿进游乐园吧。"

游乐园是五天前正式开业的，因为之前的宣传轰炸，大家对它的期望很高，周末简直是人山人海，场面异常火热……不过，这么多人未免也太夸张了吧！

我瞠目结舌地看着大门口排得看不到尽头的长龙："要不……我们还是去别的地方吧？"

"来都来了，进去玩嘛！"施诗从背后用一只手推着我，另一手拿着手机拍照，"之前看宣传片，说这个游乐场还和W电视台合作，要举办什么节目呢！而且今天是魔法主题免费游乐设施开放的最后一天了！"

我惊讶地瞪大眼睛："免费？这么好？"

"是啊，要不然怎么会那么多人！"施诗迫不及待地从包里掏出一个毛茸茸的耳朵戴上，又在我脖子上挂了一串可爱的樱花项链，"快快快！待会儿记得帮我拍照！"

01

第一章 倒霉的乌龙抽奖券

　　不得不说，这个游乐场很有万圣节的气氛，大门前站着两个小恶魔打扮的熊玩偶，它们将代表恶魔的翅膀、带着角的发箍分发给进入游乐园的游客。场内随处可见煞有介事地拿着扫帚的可爱女巫，或者是露出尖牙、长相俊俏的吸血鬼，甚至还会见到奔跑的小南瓜。

　　玩了半个小时，我已经完全融入了热烈的气氛中，拿着熊玩偶赠送给我的"勇气"气球，兴高采烈地问："我们接下来去哪里玩啊？"

　　施诗挽着我的胳膊张望了一番，指着对面的投篮机，高兴地说："我们去玩投篮吧！我想要那个娃娃！最大的那个熊娃娃！"

　　那是个半人高的熊娃娃，全身雪白，脖颈上绕着一个粉色的蝴蝶结，特别可爱。

　　我将奶茶和气球交给施诗，向老板问道："我想要那个大娃娃，需要投进多少个？"

　　老板笑呵呵地将篮球递给我："小姑娘，想要娃娃，最少得连着投进五十个才行，一般人可拿不走。"

　　我接过篮球试了试手感，自信满满道："老板，你就看着吧。"

　　篮球一个接一个地投中篮筐，不多时就投进了八个。

　　"不错嘛。"老板站在一旁看着，"八个够末等奖了，不过离一等奖还远着呢。"

　　等着瞧吧！

　　我有心想吓吓他，用上了百分百的力气，然而篮球脱手的瞬间却不受控制，砰地砸到篮筐上，竟然把固定在墙上的篮筐砸了下来，"哐当"一下，篮球在地上转起了圈圈。

气氛顿时静了下来，我看着老板，老板盯着篮筐，一旁施诗的嘴巴张成了圆形，一时间都不知道该说什么好。

过了好一会儿，我才捡起地上的篮筐，试图补救："老板，你放心，我帮你修好。"

老板捂着胸口，赶紧从我手中抢过篮筐，从身旁的一个纸箱子里抽出一张纸："别，别修了！就这样吧，这是末等奖的抽奖券，快写上名字和联系方式放进抽奖箱，一个星期之后会开奖，写完了就走吧，赶紧的。"

我把人家的篮筐弄坏了，老板好心没有追究，我自然不敢再问他到底会开什么奖，只能再三道歉，等施诗把名字写好，就赶忙拉着她离开了。

"好了好了，再走就要走出游乐场了。"施诗拉住了我，笑着说道。

我低下头，沮丧地说："都怪我，没控制好力气，只得了个末等奖。"

"没事，好歹得了个奖呢。"施诗安慰了一句，"而且我在抽奖券上写了你的名字，万一中奖了呢？"

我的名字？

"为什么写我的名字？"

"好玩呀！"施诗笑意盈盈地说道，"我看贴在墙上的宣传单说会有神秘大礼呢！万一奖品就是那个娃娃呢？"

说得好像很有道理，我被说服了，握着拳，斗志满满地说："我一定会中奖的！"

愉快的游乐园之旅结束，我和施诗都把那张奇怪的末等奖抽奖券抛到了脑后，然而没想到的是，一周后的清晨，我还在被窝里蒙头大睡，忽然听到

外面响起了催命似的门铃声。

"丁零零……"

因为我爸妈一直在国外工作，通常家里只有我一个人在，而门铃声却一声比一声响，仿佛要掀翻屋顶。我只好从被窝里钻了出来，迷迷糊糊地套上了一只拖鞋，顾不上去找另一只，就懒洋洋地走到门口打开门："谁啊？一大清早的不让人睡觉。"

话音刚落，无数闪光灯在我眼前亮起。

"咔嚓咔嚓"的声音不绝于耳，清脆而富有节奏感，吓得我到了嘴边的哈欠硬生生地吞了回去，目瞪口呆地看着在门前聚集成堆的人群。

这是什么情况？为什么会有这么多人来我家？

"请问您就是优白雪吗？"

"您成了《偶像驾到》这档综艺节目的唯一女嘉宾，请问您对此有什么感想？"

"节目组已经联系过您了吗？您能透露一下具体行程吗？"

铺天盖地的问题瞬间将我淹没，我穿着皱巴巴的睡衣，顶着乱成一团的头发，唇边还有没能抹去的口水，愣愣地站在原地。

过了好半晌，我才如梦初醒，找回了自己的声音，结结巴巴地问："我，我是优白雪没错……但你，你们到底在说什么啊？"

其中一位记者推了推鼻梁上的眼镜，奇怪地问："优白雪小姐，您难道还不知道您成了《偶像驾到》的女嘉宾吗？昨天子夜一点，抽奖结果就已经出来了啊！"

什么？

我？女嘉宾？

3

记者们一个接一个地发问，我实在招架不住，最后只能砰地甩上了门，仓皇地逃回房间里，假装没听到重新响起的门铃声，钻进被窝里怔怔地发呆。

节目女嘉宾？他们是不是搞错了？是认错人了吧！

"初恋的夏天，甜甜甜甜圈……"

在我百思不得其解时，手机铃声忽然响了起来，我吓了一跳，接了起来，小心翼翼地问："谁……谁啊？"

电话里传来一个热情洋溢的女声，丝毫不给人反驳的余地，一口气都不喘地介绍起来："优白雪小姐，恭喜您在蜜桃游乐场抽奖活动中获得《偶像驾到》的女主角资格，成为节目中唯一的女嘉宾！节目尚在筹备当中，具体计划、拍摄时间等信息，我之后会再联络您。请您保持电话通畅，支持我的工作，谢谢。"

"等……"

我还没来得及发问，手机已传来了挂断的嘟嘟声。

抽奖？难道她说的是投篮游戏获得的末等奖？

我呆呆地捏着手机，感觉就像天上突然掉了个馅饼，砸得我晕乎乎的，仿佛做梦一样。

将那个陌生的号码保存起来后，我不死心地又爬起来把窗帘打开，向下

看了一眼，就见之前那些记者还守在我家周围，不肯离开。

不是梦！

我一蹦三尺高，扑到床上给施诗打电话。刚一接通，我还没来得及说话，就听施诗兴奋地喊道："我看到新闻了！白雪，你成了《偶像驾到》的女嘉宾啊！"

这时，我忽然想起那张抽奖券本来该写上施诗的名字，不由得低声说道："本来是你参加这个节目的。"

施诗"扑哧"笑了出来："少来！我还期待在电视上看你参加节目呢！听说《偶像驾到》有四位花美男，到时候你可是被美少年环绕的公主哦！"

"才不会呢！"我打开笔记本电脑，开始搜索《偶像驾到》的信息，这个节目一开始只有五分钟预告片，我看着屏幕上跳出来的超大豪华游轮，瞬间双眼发光，"比起花美男，我更感兴趣的是传说中的游轮之旅！还有超多美食！"

"笨蛋优白雪。"施诗无奈地回了我一句。

"你才笨呢！"

和施诗斗了一会儿嘴，挂掉电话，我也终于把《偶像驾到》这个真人秀综艺节目了解得差不多了。

"不就是和花美男一起旅行的综艺节目吗……"

巨大的游轮，仿若城堡的华丽装饰……

我暂停一下，看了看预告片底下的评论，关于参加比赛的人选，似乎讨论得很是火热。我一抬眼，不由得呆怔在电脑前，预告片中最后出现的身影是一位乌发墨瞳、看起来清爽又干练的男生。他的手指勾在领带上，眉毛微挑，带着几分玩世不恭。他的眼神冷淡高傲，却又仿佛在无形中勾着你，让你面红心跳，难以转移视线。

"已确定偶像一号……原一琦，夏雪事务所社长。"

好帅啊……

看到他，我不由得期待起其他三个人会是什么模样了。

不过，在网页上搜索"优白雪"这个名字，首先跳出来的就是一张我扶着门、惊愕不已的照片——照片中的我穿着皱了的睡衣，衣角还不小心掖进了睡裤里，而且只有一只脚穿着拖鞋，长发被抓成了狮子头，再配上我瞪圆了的双眼……

好邋遢。

第一次上新闻居然是以这种形象……

我把电脑合上，决定装作没看见，捧着手机刷起了微博。没想到的是，不过是一夜的工夫，我的名字也出现在了微博热搜话题的榜首，势头竟然压过了人气偶像钟心心。

我心里有些不好的预感，忐忑不安地点开网页。

"有谁知道优白雪是哪来的明星吗？怎么听都没听说过？居然能成为《偶像驾到》的女一号，莫非后台特别硬？"

"刚刚看到照片了，优白雪怎么这么黑啊，还好意思叫白雪，我看叫黑雪还差不多！"

"这么黑还好意思上镜，真想不到节目组怎么会请她，虽说是抽奖抽到的，但总得挑挑人吧，和我的偶像钟心心根本不能比！呼吁节目组将女嘉宾换成心心！"

01

第一章 倒霉的乌龙抽奖券

黑碍着你什么事了！小麦色非常健康好吗！

我气呼呼地把手机扔到一边，喜悦之情荡然无存，只觉得委屈。从小我就因为名叫白雪但肤色黑被嘲笑，结果到了现在还是一样。又不是我主动要求参加节目的，为什么要攻击我？与其这样麻烦，还不如不参加。

正当我心里打起退堂鼓时，施诗又给我打了个电话，我连忙接了起来："怎么了？不是在忙吗？"

施诗好像遇到了什么为难的事，磕磕巴巴地叮嘱我："那个白，白雪……明天上学你要小心一点儿，发生什么意外的事，千万不要发火。"

不要发火？

我不由得奇怪起来："我会发生什么事？"

施诗小声说："你上节目的消息在学院里散播开了，女生们都已经炸开了锅，而且反应很激烈，听说她们已经成立了反对你的团体……你，你还是小心点儿吧。"

我叹了口气，最初的喜悦变成了郁闷："我这是倒了什么霉啊……"

不参加了！说什么都不参加了！

4

话虽这么说，可我怎么也联系不到《偶像驾到》节目组的工作人员，之前留下的电话总是忙音，要不是铺天盖地的新闻在，那边也没张口要钱，我都认为这是个诈骗电话了。

就算再怎么不情愿，还是到了该上学的时候。

临上学前，我又看了一眼微博热搜榜，占据第一的话题已经变成"优白雪滚出《偶像驾到》"，紧随其后的是"支持钟心心成为女一号"。

钟心心是最近很红的女明星，我搜索出她的照片——粉色的缎带束起长发，皮肤白得像牛奶一样，眼神无辜又纯洁。她就像月光下的精灵，可爱又迷人，我低头看了看自己的小麦色肌肤，默不作声地将手机收了起来。

吃完早餐，我深吸一口气，小心翼翼地把门打开一条缝，闭上眼睛就冲了出去，抱着书包撒腿就往学院跑。一群埋伏在外的记者紧紧追着我，拼命嚷嚷着要我接受他们的采访，幸好我熟悉沿路的小巷，三两下就把他们甩开了。

施诗站在校门前等着，一见到我气喘吁吁地出现，赶忙跑了过来："怎么样？没事吧？"

我抬手比了个"OK"的手势："我能有什么事啊？"

施诗放了心，弯了弯嘴角，漂亮的脸上扬起一抹微笑。

"那个女生就是优白雪吗？哇，这么黑啊。"

"听说她力气特别大，能徒手撕开轮胎。"

"太可怕了，这还是女生吗？简直是哥斯拉。"

……

和施诗一起走在校园里，回响在我耳边的都是这样的流言蜚语，像苍蝇一样惹人心烦。在家待了两天，我早已度过了委屈的阶段，只是觉得非常麻烦。

哼！以为这么说我就会自卑郁闷，那真是太小看我优白雪了！

我力气大是出了名的，所以她们不敢直接来招惹我，只能添油加醋地编

造些流言，在我背后指指点点，偶尔还会耍些小心机，比如说收作业时把我的作业抽走扔掉，让老师放学后留我去补，又或者是趁我上厕所时，把门从外面锁上。

这种没有新意的挑衅持续了整整一周。

又一次被锁在厕所里，我拉了拉纹丝不动的门，不打算叫人求救了。我运了运气，一个侧身抬腿——

"砰！"

紧闭的门一下子被踹开，外面两个等着看我出丑的女生呆呆地张大了嘴巴，脸上露出了看到霸王龙的惊恐神情。

我走到洗手台前洗手，漫不经心地说："别再搞这种烦人的小动作了，我不会参加那个节目的。"

那两个女生落荒而逃，我放在口袋里的手机响了起来。我拿起来一看，居然是之前怎么打不通的节目组工作人员的电话！

我刚接起来，想要说自己打算退出节目，却被她抢了先："优白雪小姐，有件重要的事要通知您！"

我下意识地问道："什么事？"

"下周二晚上七点，夏雪事务所会在W电视台举办《偶像驾到》的开幕式酒会，您作为女主角，希望您也能去参加！期待您的光临。"

说完，对方就以迅雷不及掩耳之势挂了电话，等我再打过去时，那边已是"嘟嘟"的忙音。

"怎么搞的。"我叹了口气。

几次下来，我已经习惯了，向节目组宣布退出的路彻底行不通。不过……夏雪事务所会举行开幕式酒会?

这倒是个好机会,我只要在开幕式上直接宣布退出,不就行了吗?

接下来的事就回到了开头的那一幕。

周二,我来到了开幕式现场,然而不幸的是,我爬上了那个显眼的香槟台,还没来得及宣布就发生了意外,被水晶灯直接砸进了医院。醒来之后,不但没有温情慰问的话语,还被眼前的原一琦气得快要升天。

然而,此刻的原一琦一点儿也不觉得自己是罪魁祸首,还不敢相信地看着我:"你宁愿参加节目,也不要八百万?还是说八百万不够?你也太贪心了吧?"

"我一分钱都不要。"说出口的话就是泼出去的水,收不回来,只能争一口气了。

我硬着头皮,直视着他的双眼:"不管多少钱我都不要。"

原一琦半眯着眼,就像一只蓄势待发的猎豹审视着他的猎物,眼神带着一丝危险,仿佛在无声地胁迫。我毫不退让,用在掷铁饼前直视对手的坚毅眼神看着他。

最终,他冷冷地笑了笑,将支票撕成几片,扔进了垃圾桶里。

原一琦站起身穿好风衣,倨傲地说:"好啊,既然你不怕把你虚荣又花痴的一面暴露在公众视野之下,那就来好了。丑话先说在前头,这个节目如果因为你的关系,像开幕式那样搞砸了,我可饶不了你。"

"你才虚荣!你才花痴!"我气得半死,终于忍不住张牙舞爪地朝他喊了起来。

他却不屑一顾地冷哼一声:"为了赶上节目的录制,好好养伤吧,优黑

雪。"

　　说完，原一琦毫无留恋地转身走出了病房。

　　"我是优白雪！"

　　这个人怎么这么讨人嫌呢？等着瞧吧，今天你嘲讽我的话，我会让你一字不落地咽回去！

第二章
看招吧！自大狂

02

1

　　自从上次吵架和原一琦不欢而散后，我就再也没见过他，不过他也没有再逼我退出，还派人将节目录制的行程和资料交给了我。

　　听说节目组为了给《偶像驾到》预热，已经在官网上将其他三位参与录制的男生的信息公布出来，发布了一个超长完整版预告。可惜的是，医生十分严厉，一直要求我静养，像上网这种事，在他眼中是绝对禁止的。所以我住院五天了，还是没能看到那段预告，只是在原一琦送来的文件上看到那三个人的名字——成臻、凌千影和纪星哲。

　　温柔的护士姐姐拿着药瓶走进来，忍不住笑着说："那几张纸你看了多少天了，都要看出花来了。写的是什么啊？那么有趣。"

　　"就是《偶像驾到》的资料，都看了那么多遍，我也就知道个名字……我到底和一些什么人相处啊！好好奇！"

　　"医生让你静养也是对你负责！"护士将药瓶放到桌子上，神神秘秘地转过身，双眼发着光，"不过，我可以告诉你另外几个人的信息！原一琦就不多说了，要知道，这次参加节目，人气最高的要算纪星哲了！他可是大众偶像，又会写歌又会跳舞，最近发行的新专辑都在榜单第一位呢！他不光长得帅，在舞台上唱歌的时候简直魅力四射！"

"明星吗？"我怔了怔，难怪觉得纪星哲这个名字耳熟，这么说来，肯定以前施诗在我耳边念叨过。

"其他两位偶像人气不相上下。"护士姐姐双手合十，越说越激动，"凌千影是在动漫爱好者中出名的偶像！他五官精致又亲切，动漫节上扮演的角色简直和原型一模一样，就是从漫画里走出来的美少年。而成臻则是个学霸，听说一直在国外长大，是著名科研组织的少年天才，啊！长得好看，学习好，要是我有一个这样全能的男朋友，肯定是上辈子拯救了银河系！"

我流下几滴冷汗，不忍心打断她的畅想，又接不了话，只能默默地继续翻看被我看了无数次的文件。

希望这几位节目搭档能像护士姐姐说的那样好吧，总之不要来第二个原一琦就好，否则我可承受不住。

在医院清闲地待了整整一周，医生看过我的体检报告，终于大笔一挥批准我出院。

因为开幕式的新闻，我毫无意外再次成了学校的风云人物。同校女生看我的眼神都带着可怕的杀气，流言更是无休无止。至于网络上的言论，我连看的心思都没有，倒是老师们都觉得我是在"为校争光"，校长还特意批了我一个月假期，去参加这档真人秀节目。

很快就到了正式录制的那天。

平常除了周末偶尔会回家，我都是住在学院公寓里的，所以收到节目组的通知后，我特地回了趟学校收拾行李。宿舍里的东西不算多，我将背包塞满，看了一眼镜子中穿着一身灰不溜秋的运动衫、戴着鸭舌帽的自己，掏出

手机，正想问问施诗去参加录制该换个什么造型比较好，却听到走廊传来一阵急促的脚步声，紧接着房门被人大力推开了。

施诗脸色煞白，撑着门，上气不接下气地说："白雪！快，快跑！"

跑？

我愣在原地："为什么要跑？"

她喘着粗气，抬起一只手，焦急地指向走廊的窗户："快！来不及了，我刚刚，刚刚在路上看到一大群女生，气势汹汹地要来找你麻烦！我是跑断了腿，才……才比她们快一点点！"

一大群女生？该不会是微博上那些要我滚出《偶像驾到》的粉丝组团跑来声讨我了吧？

我不想再扯上麻烦，拎起双肩包，下意识地撒腿就跑。

施诗喘着粗气，两手拢在唇边，喊道："她们都聚在前门，你小心一些！"

我应了一声，小跑着下了二楼，一路上还不忘把鸭舌帽用力往下压压，生怕被别人认出来。从宿舍到后门的路很短，沿路上虽然遇到了几个人，但不知道她们在讨论什么，叽叽喳喳、十分兴奋的样子，完全没有闲心去注意我。

我一溜烟地跑到学院后门旁的围墙前，这里的围墙很矮，听说很多调皮的学生想逃课的时候就会来这边翻墙，不过传言也说这堵墙年久失修，质量不太好。

"应该不会塌吧？"

我担心地摸着粗糙的墙壁，上面有些细小的裂痕，不过学校那么多人都翻过去了，没理由偏偏在我要翻的时候塌掉。

不要自己吓自己了，优白雪，加油！

我后退了几步，摩拳擦掌地打算蹬上墙后，就一举飞跃过去。然而我才冲刺到半路，一只脚刚蹬上墙，还没来得及摸到墙头，就听到一阵不太妙的声音——

"嗞啦……"

我的天……该不会是……

一瞬间，墙壁以被我蹬到的地方为中心出现了裂痕，根本来不及反应，我只能眼睁睁地看着整面墙上的裂痕向四周扩散开来，顷刻间分崩离析，倒塌在地，扬起呛人的尘土。

"喀喀喀！怎么说它质量不好，就真的塌了呢？"

我刚落地，被呛得咳出了声，连忙蹲到地上，死死地闭着眼睛。

然而伴随着墙塌，前面却突然出现了很多喧闹的声音，夹杂着慌乱的脚步声和几个人惊慌失措的交谈声。

"什，什么情况？发生了什么？"

"咦？墙塌了？为什么好端端的墙会塌？"

"你们两个护好机器，去看看男生们怎么样了！"

"原社长，你还好吗？有没有受伤？"

原社长？这个称呼好像有点儿耳熟……

尘土渐渐散去，露出围墙之外黑压压的人群，有的人忙着指挥现场，有的人扛着笨重的摄像机，还有人背着化妆包四处奔走。

"这……"我顿时目瞪口呆。

　　天啊！后门什么时候聚集了这么多人，而且其中还有三个男生被众星捧月一般围在中间？不过他们也看起来最狼狈，脸上和衣服上都沾上了厚厚的石灰，像在泥地里狠狠滚过几圈。

　　我……我推倒了墙，所以这都是我造成的？

　　灰头土脸的三个人拍了拍衣服上的灰尘，用毛巾擦干净脸颊。

　　正对我的那个人有着一头利落的黑色短发，眉眼秀气却又不失魄力，黑框眼镜后面，微微弯起的双眼含着笑意，散发出一股斯文的气息；而旁边的另一位美少年则是截然不同的帅气，他有着一头柔软的栗色短发，杏眼微微眯着，就像一只乖巧可爱的小猫，但他闪烁着银光的耳钉和那张扬的服饰，又隐隐显露出一丝叛逆。

　　三人中的最后一位美少年正微仰着头，他的长相与其他两个人的风格全然不同，他的皮肤如玉般洁白，脸庞的线条柔和优美，身材高挑而清瘦，薄薄的嘴唇微勾着若有似无的笑意，在微风的吹拂下，平添了几分温柔。

　　未免也太帅了吧！我优白雪活到现在，还是第一次看到这么多美少年聚在一起！

2

　　难道是什么偶像明星来拍电影吗？也没听说这附近会拍什么电影啊。

　　我纳闷地向四周张望着，忽然，一个熟悉的高大身影映入我的眼帘，让我顿时石化了。

　　原一琦一下子就认出了戴着帽子的我，视线冰冷如刀，他就站在那三位美少年的身后，也被喷了一脸的墙灰。他接过化妆师送来的毛巾，一边擦着脸，一边用口型对我说："过来。"

过去就过去，谁怕谁！

我别扭地摘下帽子，刚踏出一步，就听见站在摄像机前的大叔兴奋地喊道："啊！是优白雪同学！来得正好，快过来！"

我有些蒙，下意识地听从了他的指令，小跑了过去。

原来这个满脸络腮胡、看起来很凶狠的大叔是导演，他一把将我拉了过来，和蔼可亲地说："身为《偶像驾到》唯一的女主角，优白雪，面对镜头向全国观众打个招呼吧！"

等等，《偶像驾到》开始拍摄了吗？怎么没有人通知我？

我扭过头，正对上黑洞洞的镜头，一时之间没回过神来："全国？"

导演大叔亲切的笑容就像恶魔一样狰狞可怕，仿佛对我宣布判决："是啊，现在我们可是在全国直播呢。"

全国直播？

"这是全国直播……"

"全国直播……"

"直播……"

这句话不断在我的脑海里环绕，还伴随着与梦幻气息不符的悲戚音乐，我木着一张脸，整个人透出一股生无可恋的气息。

然而导演并没有察觉到我的绝望，闲聊般地提问："没想到我们的第一次拍摄就遇到了这种意外，优白雪小姐，墙塌的时候你在那一边吧？你知道是什么原因导致墙倒塌的吗？"

我机械地点点头："我踹塌的。"

"踹……"

大叔的表情一瞬间变得十分复杂，全场刹那间静下来，就连化妆师为几位男生整理仪容的动作都停住了。

我这才后知后觉地意识到自己说了什么，忍不住在心里咆哮。

优白雪，你怎么就承认了？现在是电视直播呢！这一段根本没办法剪掉！

作为《偶像驾到》唯一女主角的初次登场，就穿着一身土里土气的运动装，还在爬墙的时候倒霉地踹倒了这个豆腐渣工程，喷了其他参加者一脸墙灰，现在居然在所有观众面前亲口承认是自己踹塌的……

实在是太丢人了……

镜头前的我只觉得整张脸火辣辣的，想要找个地缝钻进去。

"哈哈哈……"

突然，一阵爆笑声打破了这沉默的气氛。

我循声看去，只见之前那个斯文的美少年正满含笑意向我踱步而来，他有着一头利落的短发，高挺的鼻梁上架着一副黑框眼镜，配上干净的白衬衫，简直像是从画中走出来的少年。

美少年走到我身边，拍了拍我的肩膀，眼含笑意地说："优白雪同学，我是成臻。女孩子能有这样的力气，我很欣赏你啊。"

成臻？就是那位天才学霸吗？

周围的气氛因他的一番话缓和了下来，我松了口气，满怀感激地看着他。

成臻在背后悄悄地向我比了个"OK"的手势，面上还是如常的笑容。

真是个好人啊！

我下意识地往原一琦那边看去，只见他坐在椅子上，闭目养神，整个人透出一股冷淡的气息，像是对周围的事完全不在意。

哼！比那个什么原一琦好多了！

接下来的几个问题，成臻在镜头前和观众们愉快地交流起来，我默默地站在一旁，决定不说话，老实安分一点儿，省得又在直播上出丑。

其他几个男生重新走到镜头前，在我身边站成一排，不知什么时候收到消息的粉丝们涌了过来。虽然被强壮的保安拦截在外，但她们还是高举着彩色的应援牌，大声喊着偶像的名字，热情似火。

"啊！我看到纪星哲了！本人好帅！"

"凌千影！"

"原一琦！原社长！看一看这边！"

……

我好奇地看过去，正好与一个女生对视，她兴奋的神情顿时冷了下来，恶狠狠地瞪了我一眼，像是要生吞了我。

糟糕，差点儿忘了，他们的粉丝对我来说很危险。

到了真人秀节目开场的自我介绍环节，我被导演安排打头阵，近距离地对着镜头，手脚都不知该放在哪里。我只能干巴巴地背着一早准备的台词："我……我叫优白雪，是蓝薇学院的一名普通学生，希望未来能和大家好好相处。"

呼……好紧张，我还是第一次对着摄像机说这么多话呢！

　　我把麦克风递给成臻，他随意地接过，推了推鼻梁上的眼镜，暖暖的微笑犹如春风般，嗓音也温柔得像是大提琴声："大家好，我是成臻。希望大家能多多支持《偶像驾到》这档节目。"

　　"绝对会支持！爱你，成臻！"

　　成臻的话音刚落，粉丝们就晃着写有成臻名字的牌子，撕心裂肺地喊着，和我刚刚自我介绍时的气氛形成了鲜明的对比。

　　凌千影虽然高挑，但站在成臻的旁边还是有些矮，让他显出几分可爱。他是动漫界的偶像，这次来录制节目也穿得十分华丽——白色繁复的宫廷式衬衫，孔雀蓝的马甲笔挺帅气，宝蓝色的风衣上戴着蓝宝石胸花，看起来仿佛维多利亚时代的贵族王子。

　　他伸出食指轻轻抵在唇边，躁动的粉丝刹那间就安静了下来，都痴痴地看着他。

　　凌千影轻笑出声，优雅地挥挥手："我是凌千影。这次能够参加《偶像驾到》，我很开心，谢谢大家的支持和投票，我会在节目中好好表现的。"

　　我探出身来偷看，没想到他恰好转过头来，对我调皮地眨了一下左眼。

　　看起来凌千影也挺容易相处的。

　　因为成臻和凌千影的亲切，我多了几分安心，然而心还没来得及放到肚子里，就听到一个冷冰冰的男声响起："原一琦。"

　　现场静了下来，大家看着原一琦，然而他却松了松领带，没有继续说下去的意思。他瞧也不瞧围成一圈的粉丝们，仿佛她们都不存在。

　　明明自己要参加《偶像驾到》，为什么还要装高贵啊？要求我不搞砸，自己倒是随意得很。

原一琦像是感应到了我在用"眼刀"戳他，竟然朝我这边看了过来，还扯了扯嘴角，露出那个颇为眼熟的恶劣笑容，似乎在嘲讽我那段干巴巴的自我介绍。

我生气地转过了头。

哼！你的自我介绍比我差多了好吗！

3

现场的气氛虽然因为原一琦的冷淡有些尴尬，但是随着最后一位偶像美少年——纪星哲的出场，这小尴尬很快就随风而逝了。

"啊！纪星哲！"

"星星，我爱你！你是我永远的偶像！"

……

纪星哲的双眸就像缀满繁星的夜幕，在日光下也依旧璀璨夺目，大众偶像的人气简直引爆了全场，一举一动都会引发粉丝的轰动。他穿的黑色V领毛衣露出诱人的锁骨，衬得肌肤更为白皙，红黑相间的外套披在身上，再搭配紧身的黑色牛仔裤，显得他的身形颀长挺拔。

"大家早上好！我是纪星哲，很荣幸能收到《偶像驾到》节目组的邀请！大家待会儿回家的路上要注意安全哦，我爱你们！"

他的手上还拿着一束花，说完一抬手，将花扔到粉丝群里，伴随着一个飞吻："这束花送给我的公主。"

粉丝们顿时爆发出尖叫声，拼命地抢那束花。

　　我不由得张大了嘴巴，纪星哲满脸灿烂的笑容，站在面无表情的原一琦身边，他们两个简直就像两个极端。

　　天啊，我好像参加了一档很了不得的节目。

　　片头的自我介绍场景拍完之后，我们就要乘车去码头，参加《偶像驾到》第一期节目的拍摄。

　　这次的拍摄地点我早在原一琦给的资料上就看过了，我们要在一艘豪华游轮上度过一周，听说这艘游轮是原一琦在夏雪事务所成立之初为了纪念买下的，所以船的名字叫"夏雪王子号"，预告片上这艘超豪华巨轮就亮过相，富丽堂皇，让人瞠目结舌。

　　"哇，太厉害了……"

　　到达目的地，我仰起头看着眼前高大的游轮，嘴巴张成了圆形。

　　亲眼见到和在电视上看到，还真是感觉不一样啊！

　　碧蓝的大海上，静静地停泊着一艘巨大的游轮，雪白的船身上写着漂亮的花体字"夏雪王子号"，雄伟的船身足足有十层楼那么高，高耸的桅杆顶端镶嵌着五芒星标志，在日光的映射下闪烁着璀璨而又耀眼的光芒，仿佛是茫茫大海之中的启明星，指引着前进的方向。

　　简直就像做梦一样！我居然能坐一艘这样的游轮旅行！

　　我怀揣着难耐的悸动，跟在成臻的身后登船，努力克制着不要兴奋得蹦起来。

　　"抓牢了，别左顾右盼，掉下去没人救你，只能沉进海底喂鱼。"

　　这个声音……

我咬牙切齿地说道："原一琦！"

怎么哪里都有他！

原一琦的右手握着扶手，慢悠悠地走在我后面，对我的怒意全然不在乎："快点儿走，不然要脱离队伍了。"

我一看到他就心情不好："你跟上去不就好了，跟着我干吗？"

"是你挡路，不是我愿意跟。"

原一琦的唇角勾出嘲讽的笑容，倚在扶手上，遥望碧波荡漾的海面："才看到游轮就兴奋成这个样子，之后录节目岂不是要晕过去？怎么样？坚持不肯退，你现在应该很满意吧？"

冷静！优白雪，现在你的一举一动都在镜头前，不能跟他吵起来！

我深吸一口气，说："如果你不在就完美了。"

原一琦微微一笑，弯起的唇角仿佛带着无尽的温柔，他从我身边轻巧地走了过去，转过身来，居高临下地对我说："真巧，我也这么觉得。"

说完，他头也不回，大步向前走。

原一琦这家伙天生就是克我的吧！

我面带微笑，看着他的背影，铁质的扶手在我的右手下发出可怕的"吱嘎吱嘎"声，仿佛我手下捏着的就是原一琦。

下次再敢嘲讽我，我一定要让他好看，让他再也不敢这样！

等我上船时，已经是最后一个了，节目组的工作人员将分配好的房间号码牌和钥匙交给了我，要我在正式录制之前养好精神，并且还偷偷嘱咐，让我晚饭后留在房间里，不要告诉其他人。

搞得这么神秘？

　　我的房间在二楼，因为不想看到原一琦，所以登船最晚的我并不知道其他人住在哪里，也不知道自己的隔壁房间有没有人，只能拿着钥匙，忐忑不安地打开自己的房门。

　　"哇！"

　　这未免也太夸张了……

　　这间客房……还是客房吗？简直就像个小别墅，足足有我家的两倍大！而且装潢实在太可爱、太少女了！粉色的窗帘、粉色的电视机……所有的日用品都是粉色的，床边的水晶花瓶里还插着漂亮的蔷薇花，娇嫩的花瓣上沾着晶莹欲滴的露珠。

　　放下行李，洗过澡，我看看时间才两点钟，于是打算趁休息时间去游轮内探探险。

　　这艘豪华游轮在我看来就像哆啦A梦的口袋，想要的东西应有尽有，让人眼花缭乱。游轮一共有五层，每层甲板都有餐厅，听说为了这次节目的拍摄，还特地请来了法国顶级大厨。还没到餐厅，我就闻到了食物诱人的香气。

　　一、二层都是游客的客房，而第三层的甲板上有各种娱乐设施，豪华游泳池、篮球场、网球场……就连小型足球场都有，金色的阳光洒在甲板上，让人不由得心生向往。

　　第四层是金碧辉煌的宴会厅，可以容纳一万人举行舞会，而第五层则是私人总统套房，我不感兴趣，就原路返回了。

　　这里什么都好，除了随便走两步就能看到一个摄像头。我一路走来，一举一动都仿佛在别人的监视下，别扭得不行，而且房间里也有摄像头，除了洗手间和浴室以外，在船上生活的二十四个小时都能被观众们看见。

我忍不住抱怨了一句："这么多摄像头，能不能让人有点儿隐私啊？"

"真人秀就是这么拍摄的，难道你不知道吗？"

正巧这个时候原一琦路过我身边，他手中捧着一杯冒着热气的咖啡，海面折射出的波光映在他的身上，仿佛大理石雕像般好看。

4

原一琦抿了口咖啡，淡淡地说："如果适应不了，就趁没有正式拍摄赶紧退出，免得惹出什么麻烦，搞砸整个节目。"

搞砸整个节目？

我看着他，一字一顿地说："我既然参加了，就不会退出。"

看着他轻蔑的表情，我的心中升起一股无名火，忍不住开口讽刺："比起我，就连自我介绍都只有三个字的人，才会搞砸节目呢！"

"多说几个字又算什么？"原一琦侧头看着波光粼粼的海面，嗤笑一声，"我是夏雪事务所的社长，每天都忙不过来，自然不会把时间浪费在这种事情上。"

哼！没时间多说几句，倒是有空嘲讽我？

"既然浪费时间，那你来参加节目干吗？"

原一琦的动作顿了顿，过了一会儿，才轻声嘟囔："又不是我愿意参加的。"

我正想要追问，他摊了摊手，说道："我还以为自己说得很清楚了，看

来我还是不了解你这种厚脸皮的人。既然早上发生了那么丢脸的意外，我也不怕被观众们看到，就直说吧，你一点儿也不适合参加这个节目，我可以让你再选择一次。"

我攥紧了拳头，咬紧牙关，可胸口熊熊燃烧的怒火怎么也压不住……这个家伙一见到我就说我丢脸，看我的眼神也仿佛在看垃圾。

他抬头，看了看墙上挂着的钟："现在已经开船了，给你两个0小时考虑。如果改了主意，我会让游艇送你回去。"

不行！忍不了了！

"原一琦！"

我怒气冲冲地走了过去，用力抓住他的衣领。

原一琦惊愕地想要反抗，却根本抵不住我的力量，一下子失去了平衡，被我压在冰冷的铁栏杆上。他手里的咖啡杯也狠狠地砸落在地，发出"砰"的一声。

原一琦的眼睛里闪过一丝懊恼，挣扎地喊道："优白雪，你要干什么！"

"少瞧不起人了。"我缓缓地俯下身，冷冷地盯着他，"我最后说一次，这个节目……我说什么都不会退出！"

原一琦动弹不得，他终于意识到了我的力气超乎常人，那张总是冷漠的脸上终于有了一丝裂缝："你……你先放开我。"

"哼！"我笑了笑，"你不是很厉害吗？自己挣脱试试啊。"

刚才砸杯子那一声巨响惊动了在二楼休息的工作人员，不一会儿，纷乱的脚步声传来，大家看着这一幕，七嘴八舌地开始劝我。

"啊？这是发生了什么事？"

"怎么一见面就闹成了这样？不要吵架啊！"

"优白雪小姐，你先放了原社长！有话好好说……"

……

我已经被愤怒冲昏了头脑，揪住原一琦的领口，直勾勾地盯着他的双眼："你说的那堆废话里，有句话倒是说得没错——你的确不了解我！我优白雪要不然不做，要不然就做到最好！既然我被选定为女主角，就一定会表现得最好！"

说完，全场安静得连一根针掉在地上的声音都能听见。我顾不上周围惊呆了的眼神，松开手，扔下原一琦，扬长而去。

老虎不发威，当我是病猫吗？

我径自回了房，也不管观众们会是什么反应，一觉睡到了晚餐时间。

"砰砰砰！"

"优白雪小姐，你在房间吗？"

听到有人在敲门，我迷迷糊糊地应了一声，一时还以为是在家里，从床上下来摇摇晃晃地去开门……不对，我家有这么大吗？

双脚触到冰凉的地板，我忽然清醒过来，想起自己是在参加《偶像驾到》的录制。糟糕！这里全是摄像头，三百六十度没有死角！

我赶紧去浴室换了一条碎花裙和小皮衣，把自己收拾得清爽一些才出去，跟着来叫我的工作人员去餐厅吃晚饭。

二楼的餐厅装潢十分复古，到处都是希腊式雕像，桌椅都雕刻着蔷薇花纹的巴洛克花式，大厅里到处装点着五彩缤纷的鲜花。我坐在靠近自助台的

02

第二章 看招吧！自大狂

位置，满脸幸福地看着厚厚的菜单，看着图片上精致诱人的菜，我的口水快要流下来了。

拍摄节目期间，这些美食都是免费提供的，这里要是没有原一琦，简直就是天堂。

我一口气将点好的菜吃光，工作人员就递给了我四张卡片，不知是不是我敏感，总觉得餐厅里的气氛有点儿怪怪的，好像大家都在盯着我看。然而我转头看到他们若无其事的样子，又觉得是我产生了错觉。

我低头看了看，四张简洁的白色卡片封面上，都写着四个字："王子日报？"

"今天我们的拍摄任务已经结束，头顶摄像机全部关闭了。"他点点头，低声解释道，"'王子日报'是女主角每天必须做的任务，明天一早进行拍摄，不过你必须回到房间才能打开，好好研究一下吧。"

说完，他就飞快地离开了，好像我身上有什么可怕的病毒会传染一样。

明天一早就要开始拍摄了啊。

不知道为什么，回想起自己之前的豪言壮语，我突然有点儿紧张。

回到房间，我扑到松软的大床上，抱着被子打开了第一张任务卡："我看看，第一个任务……每天早上五点半起床，突击检查纪星哲的房间，督促他好好收拾？"

都是客房，有什么好检查的？等等，任务后面还有解释说明？

"突击检查之前绝对不能让纪星哲知道，切记！如果提前泄密，将接受严重的惩罚！"

大众偶像不太好当啊。

将这张任务卡放到一边，我拍了拍手："明天要对不起你了，纪星哲。"

拆开第二张任务卡，是与凌千影有关的，上面要求女主角在游轮之旅结束的最后一夜，盛装打扮去参加晚上的舞会，成为晚会上的"一夜明星"，所以每天都要去找凌千影配合化妆和定制礼服。

我不由得诧异起来："我？一夜明星？舞会？"

除了铁饼社的庆功会，我再也没参加过什么派对了，而且每次都是T恤、牛仔裤打扮的我，根本不知道什么是盛装打扮。

就算凌千影是再厉害的化妆大师，面对我这种皮肤黑、力气又大的女生，也会很头疼吧。

相比之下，第三张任务卡上关于成臻的内容就要简单多了，我只需要和他一起运动就行。

"很好，这个简单。"

我深吸一口气，拿起最后一张任务卡："每天督促原一琦准备一顿丰盛的大餐，享用后给予评价……"

等等，大餐？还是原一琦准备的？

我难以置信地揉了揉眼睛，反复确认了好几遍，才意识到这张任务卡没有写错。可是让原一琦做饭给我吃，他真的不会下毒吗？而且原一琦那个大少爷会做菜吗？还大餐……

"唉……"

我郁闷地叹了口气，早知道就不说大话了，这些任务看起来每一个我都不用出什么力，但真的每天都要做一遍，非把我累死不可！

"咔嚓……"

忽然，我的耳朵捕捉到一阵细微的声响，窸窸窣窣的，好像有人拿着钥匙在开我的房门！

是谁？

不对，工作人员会敲门的，难道是贼？

我顿时警惕起来，盯着房门，一步一步挪到浴室，抄起扫帚，轻手轻脚地走到房门前。

不一会儿，门锁发出"咔嗒"一声响，大门被人从外面缓缓推开。

我闭上双眼，不管三七二十一，高高举起扫帚就要向下挥去，忽然，耳边响起一声惊恐的高呼——

"优白雪，快住手！是我！"

第三章
脸红心跳的公主抱

03

1

富有磁性的男声，耳熟得不能再耳熟。

我慢慢地睁开眼睛，果然看到原一琦那张白皙英俊的脸，他的眼里夹杂着几分惊慌，显然能预料到我这扫帚落到身上会造成怎样的伤害。

我放下手中的武器，害怕会引起骚动，压低声音问他："原一琦，你这个时候来我房间干什么？你怎么会有我房间的钥匙？"

看我将扫帚扔到一边，原一琦松了口气："这艘游轮都是我的，我怎么会没有钥匙？只要我想，我可以去任何一个人的房间。"

这种话居然还能光明正大地说出来？

我一把抢过他手里的钥匙，原一琦还没来得及反应过来，就被我推出门外。

我在他的注视下，干脆利落地关上了门，然后得意地说："大少爷，这下你没钥匙了吧？下次再来记得敲门，不过今天恕我懒得接待。"

门外一片寂静，原一琦没有像我想的那样暴跳如雷，我小心翼翼地把耳朵贴在门板上，等了一会儿，也没听到什么动静。

难道他这么快就放弃离开了？看来也没什么要紧的事找我嘛。

我放下心来，伸了个懒腰，正要回床上休息，却听到两声轻轻的敲门声，伴随着原一琦平静的声音："优白雪，开门，我有重要的事想和你商量。"

重要的事？

该不会又是让我退出吧？

我狐疑地盯着门板："我绝对不会退出的！给钱也不行！"

原一琦在门外沉默了片刻，低声说道："对不起，这件事是我的错。"

等等！我听到了什么？

我猛地瞪大了眼睛，不敢相信自己的耳朵……

道歉？原一琦那家伙居然会道歉？我还以为要这种趾高气扬的大少爷道歉，说不定要等到世界末日呢！

不过既然这样，我就不能再揪着不放。

我犹豫了一下，还是打开了门，生硬地说："你要和我商量什么事？"

谁知道他一走进来，就摆起了贵族的架子，一脸嫌弃地看了一圈我的房间："准确来说不是商量，而是想和你做个交易。"

交易？

"交易？"我关上房门，不解地走到他跟前，"我们之间有什么可交易的？"

原一琦解开风衣的扣子，脸上带着一丝狡黠："你应该知道，这个真人秀综艺节目每集的最后，你都要从四位男生中选出一名心目中的偶像，他就是那一集冠军吧？"

"知道啊。"我老实地回答。

不过这有什么交易可做的？

　　"那就好办了。"他一步步向我逼近，双眸灿若星辰，气势迫人，"优白雪，我们立个契约吧。"

　　我的心跳不由得加速，磕磕巴巴地问："契，契约？"

　　"对，契约。"原一琦微微弯腰看着我，他离我的距离极近，墨色的双眸映着我的身影，"《偶像驾到》的最佳搭档，你只能选我。"

　　我愣了一下，忽然回过神来，警醒地后退一步："你对这个节目兴趣又不大，为什么非要争第一名？"

　　奇怪，他之前的自我介绍那么无趣，我还以为他根本无所谓呢！

　　"如果不是我老爸逼我来，我才不会参加这种节目。"

　　提到这个，他的脸顿时黑成锅底，咬牙切齿地说道："那个糟心的老头……"

　　"老头？"我瞪大眼睛，抗议道，"我可是原茗雅的影迷，他那么帅，怎么会是老头！"

　　原一琦的父亲原茗雅可是风靡全世界的影帝，虽然现在已经息影，淡出了娱乐圈，但他拥有好几家重磅娱乐公司和电视台，说是掌握着娱乐圈的半壁江山也不为过。

　　"总之我跟老爸有约定，我一定会拿下这个节目的第一名，所以需要你的帮忙。"原一琦毫无形象地冲我翻了个白眼，"只要你能好好配合选我，要多少钱，你开个价。"

　　这个人怎么就是不长记性，什么都是钱钱钱。

　　我冷冷地说："我要夏雪事务所，你给吗？"

　　原一琦眯起眼睛，压低声音威胁道："你是在跟我开玩笑吗？优白雪，不过就是个综艺节目而已，你别太认真了。"

"我说过了，那是你不了解我，无论是什么比赛，我从来不会作弊！这次也会是一样。原社长，请你出去吧，我要睡了。"

我懒得多说，站起身来，直接扯住他的衣领，就把他往门前带。

原一琦惊慌地挣扎，说道："优白雪！你这怪力女！放手！"

呵呵！想到今天上午被我压倒的事了吧？

我不费吹灰之力就把他推出了门，砰地一下用力关上门："再见。"

让我选原一琦当偶像？

做梦去吧！

当清晨的第一缕阳光照射在第二层的甲板上时，我已经站在了大众偶像纪星哲的房门口。

我扭过头，不放心地反复确认："我这样就可以了吗？是不是该化点儿妆啊？"

摄像大哥扛着笨重的摄像机跟在我身后，见我紧张，安抚道："没关系，这样就很可爱了！准备开门吧！"

我点点头，深吸了一口气，感觉比在赛场上还要紧张。

今天一大早，我还没睡醒，节目组就催命似的敲着门，要我赶紧执行"突击检查纪星哲房间"的任务。我只好匆匆忙忙洗漱了一番，素颜朝天地出现在摄像机的面前，按照导演的提示板，公布我将执行的第一个任务。

不知道这么早纪星哲醒了没有，我们这么贸然闯进去，他肯定会吓到的。

第三章 脸红心跳的公主抱

因为是突袭，所以节目组一早就交给了我纪星哲房间的钥匙。我将钥匙插进锁眼，向摄像师比了个"OK"的手势。

优白雪，加油！

我为自己打了打气，按下门把手，猛地冲了进去："突击检查……哎呀！"

还没来得及喊出任务名，我就被什么东西绊了一跤，一个趔趄摔倒在地。虽然扑地的动作很丑，但并没有预料之中的痛，反而觉得自己跌倒在了一团软绵绵的云朵上。

"这是……"

我抬起头，瞠目结舌地看着眼前可怕的场景——这个房间简直是由衣服聚成的多彩海洋，各种各样的衬衫、礼服、领带，就这样随便丢在地上，简直要将我淹没了。

纪星哲的房间未免也太乱了吧！

天啊，床上也都是衣服，他昨天晚上究竟是怎么睡的啊？

2

房间中唯一可以落脚的地方离我不远，是一张小圆桌和旁边的两把椅子，就像茫茫大海中浮出的孤岛一样引人注目。纪星哲独自一人坐在孤岛上，手中端着咖啡杯，愣愣地看了看我，又看了看已经在拍摄状态中的摄像机，惨叫起来："啊啊啊！你们……你们在干什么？"

我还想问你在干什么呢！

怎么才一天的工夫，就能把房间搞得这么乱？

被他一吓，我赶忙从地上爬起来，隔着堆成小山的衣服安抚道："你先冷静一下，这是节目组安排的任务！"

我举目四望，没找到可以落脚的地方，只好把脚下的衣服拨到一边，给自己开出一条路，强忍着想要把这些衣服都收拾起来的冲动。我看着惊慌失措的纪星哲，假装闲聊一般说道："没想到你的衣服这么多，这能装几箱啊？"

纪星哲下意识地回答道："八箱。"

八箱？

我环视了一下四周，房间的角落里乱七八糟地堆着一些行李箱，有的里面还塞着几件衣服，应该是拿出来发现不合他的心意，又被丢了回去。

我忍不住诧异地问道："拍个节目为什么要带八箱衣服啊？"

他反问我："拍节目为什么不能带八箱衣服？"

"……"

你倒是别光带不收拾啊！现在好了，都暴露在摄像机面前了！

纪星哲脸色煞白，转了转眼珠子，侧过头揉起太阳穴来，假装很疲惫的样子，试图弥补自己的形象："昨天第一次来到船上，实在太兴奋了，把衣服拿出来还没来得及收拾，就累得不小心睡着了。"

说完，他还悄悄用脚尖把圆桌附近的衣服勾到一边。我抽了抽嘴角，想起任务卡上"督促纪星哲收拾房间"那一项。

"我们来把这些衣服收好吧！"我走到纪星哲身边，拍拍他的肩膀，冲他露出一个灿烂的笑容，"放心，不会让你一个人来的！我可以帮你。"

03

第三章 脸红心跳的公主抱

当我的手落到他肩膀上的一刻，纪星哲像触电一般抖了一下，惊恐地抬起头看着我，紧张地咽了咽口水，半晌才艰难地说："好，好吧。"

奇怪……我又不是什么洪水猛兽，干吗那么绝望地看着我？

意见达成一致，我拍了拍手，语气轻快地说道："那我们开始吧。"

纪星哲的房间杂乱无章，无论哪一边都是重灾区，我叉着腰审视了一番，才开始整理起来。

说是要整理，但纪星哲一点儿头绪都没有，他仍然穿着睡衣，和平常华丽高调的风格完全不一样，薄荷绿的衣服上印着猫咪的脚印。纪星哲呆坐在衣堆中，眨着眼睛看着我，温暖的阳光透过窗户落到他柔顺的发丝上，就像一只乖巧的小猫。

不过，他将房间弄乱的破坏力比猫咪强多了。

我递给他一摞叠好的衣服，指挥道："把这些放到衣柜的下边。"

纪星哲应了一声，嘟囔道："反正收拾之后也会变乱，没必要收拾嘛。"

那是什么歪理啊……

我像幽灵一样站在他身后："你刚才说什么？"

纪星哲忙不迭地丢下一句"什么都没说"，就匆匆跑去了衣柜前，按照我的指示将衣服放好，然后跑回来，心虚地露出一个微笑。

我才懒得理他，重新埋首于叠衣服的事业中。

就这样忙活了大半天，在摄像师的提醒下，我才发现到了中午，该去执行下一个任务了。不过现在，整个房间简直是脱胎换骨、干干净净，没有一点儿杂乱的地方，所有的衣服都被叠好塞进了衣柜，因为数量太多，甚至通知了游轮上的工作人员，让他们又拉来了一个衣柜。

纪星哲觉得很神奇，不住地看来看去，由衷地赞叹道："你好厉害啊。"

我几乎要累死了，按了按有些酸痛的胳膊，趁着摄像师不注意的时候，拉住他的衣领，小声警告道："明天还要突击检查，你自己看着办。"

纪星哲拍拍胸脯，一副"交给我，你放心"的表情，可我心里一点儿把握都没有。

唉，明天我可不想再帮他收拾了，简直累死人了。

怀着忐忑和期望，我和纪星哲从房间里出来，捂着早已饿得"咕咕"叫的肚子去了餐厅。

按照"王子日报"卡片的要求，我得去吃原一琦做的大餐。昨晚我们再次不欢而散，新仇旧恨加在一起，谁知道今天他会给我做什么样的黑暗料理。然而参加节目是我自己决定的，不管怎么说，都要配合节目组好好完成任务。

算了！死就死吧！

我怀着奔赴刑场的壮烈心情，推开餐厅大门，可当我看到眼前壮观的一幕时，不由得愣在了原地。

熟悉的复古餐厅里，水晶灯高挂在天花板上，无声地照亮着眼前奢华的盛宴——餐厅内摆满了雪白的长桌，上面都是琳琅满目的菜品，令人眼花缭乱。彩色珐琅餐盘上盛满了诱人的甜品，上面点缀着蔷薇花瓣，仿如艺术品一般精致，数百道不同的菜肴香气交织在一起，令人食欲大开。

什么情况？

03

第三章 脸红心跳的公主抱

没听说要开什么宴会啊?

"白雪,星哲,你们来了!"

成臻和凌千影早我一步来到餐厅,热情地招呼我们过去,而原一琦则穿着料理服,打扮得像个五星级大厨。

我震惊地看着桌上的菜,一边朝原一琦走过去一边问:"这是怎么回事?"

原一琦优雅地抬手示意:"这是我的任务啊!你不是要吃我做的大餐吗?这里有三百多道菜,你可以挑自己喜欢的吃。"

三百多道?

我艰难地咽着口水,掩饰不住震惊的神情:"三百多道菜难道都是你做的?"

这不可能吧!这得从几点开始做啊?凭自己一个人做这么多菜,难道原一琦是传说中的食神?

3

我还沉浸在惊愕中,却听见原一琦模棱两可地回答道:"这些菜都是我吩咐厨师准备的。"

"啊!这根本不能算是完成任务吧!"第一个产生质疑的就是凌千影,他微微皱着眉头,"原一琦,这是犯规。"

一旁的纪星哲和成臻也跟着点头。

"为什么不算?"原一琦摊开手说,"这桌上摆着的每一道菜都是我要求厨师准备的，任务卡上根本没要求我亲手做，我只要参与准备，也算是完成了啊。"

他看向我，眼中透出一丝狡黠，问道："对吧，优白雪？"

太狡猾了！

虽然看不惯他这副胸有成竹的样子，但我也找不到什么理由来反驳他，毕竟任务卡上的话确实有漏洞，他这解释也说得过去。

我只好妥协："你说得……也没错。"

总之，今天只能放他一马，反正后面几天节目组肯定会修补这个漏洞，让他没空子可钻。

原一琦露出一抹如春风般的微笑，彬彬有礼地为我拉开椅子："过来坐吧。"

他吃错药了吗？明明昨天还一副趾高气扬的样子，怎么今天突然一百八十度大转变？该不会有什么阴谋吧？

不过，不管他想耍什么花招，我都不怕！

想到这里，我大大方方地坐了下来，趁着到处是摄像机，故意指挥道："去，帮我拿一份牛排过来，要洒黑椒汁的。"

原一琦的微笑在脸上僵了一下，随即又挂起更加和煦的笑容，咬牙切齿地低声问道："你说什么？我刚刚没听清。"

我也得意地扬起灿烂的笑容，伸出手指向一张桌子："没看见吗？牛排就在那张桌上的左数第三个，劳烦大少爷帮我端过来吧。"

原一琦闭了闭眼，终于妥协，长长地呼出一口气："好，你等着。"

我看着他乖乖去拿牛排的背影，心里开心极了。

哈哈！你那么想赢，肯定会顾及自己在电视上的形象，原一琦，你现在该后悔了吧！

成臻和凌千影来得最早，也是最快离开餐厅的，他们一参加这个节目就关系变得很好，去哪里都形影不离。而我则开心地使唤了原一琦半个小时，才丢下他走了出来。可不知道为什么，纪星哲竟然也出来了，一个明星偶像紧紧地跟在我身后，怎么想都很奇怪。

"唉……"我仰天长叹。

终于完成了两个任务，但我已经筋疲力尽了，接下来还要去找成臻和凌千影。

我从来没有觉得一天这么漫长过。

"今天天气真好啊！"纪星哲完全没有看出我的沮丧，开心地张开双臂，拥抱灿烂的阳光，"白雪，我们去楼上的篮球场晒晒太阳吧！"

刚踏上三层的甲板，忽然什么东西砸在地上，发出有节奏的"砰砰"声，吸引了我的注意力。一抬头，我恰好看到成臻和凌千影换上了球服，在甲板上打着篮球。

"哇！"我不由得发出惊叹声。

成臻的黑框眼镜摘了下来，双眸露出与他温和的气息不符的凌厉，修长的手指插入湿漉漉的发间，向后捋了捋。在温和的阳光下，他的笑容灿烂，令人移不开视线。不过，不知道是不是阳光太刺眼，我总觉得成臻的脸色有点儿苍白，显出一种近乎透明的病态。

比起成臻精壮结实的肌肉，凌千影要瘦弱一点儿，不过他身材颀长，动作也很敏捷。他正用手指转着篮球，微挑着眉毛，对成臻露出一抹挑衅的微笑。

看到我和纪星哲，凌千影起身，热情地冲着我们挥手："你们来了！要不要一起打篮球？"

我正好还有个要和成臻一起运动的任务，立刻积极响应："好啊！"

纪星哲却兴致缺缺，懒洋洋地坐在一旁的长椅上，往头上扣了一顶棒球帽："不了，出汗的运动不适合我，而且投篮的表情会很狰狞的。"

当明星要考虑的还真多。

我抛下纪星哲，做了做热身运动，慢慢走入球场，选了个位置，表情认真，严阵以待。

成臻"扑哧"笑出声来，安慰我："不用那么紧张，我会小心不伤到你的。"

不，我是怕我没控制好力度伤到你。

没有多解释，我豪气万分地拍拍手："来吧！"

虽然我在学校参加的是铁饼社，但天生体能好，无论什么运动都很擅长。我这一身小麦色的肌肤，就是放学总是去打街头篮球，把自己晒成这样的。

比赛意外地很轻松，成臻和凌千影有意给我放水，我带着球轻松破防，一口气投进了十几个球，任务差不多完成，我主动退出了球场。纪星哲殷勤地递过一瓶运动饮料，我接过来喝了一口，一股沁人心脾的蜜桃味顺着喉咙涌进了心里。

"啊！白雪！"

"小心！"

03

第三章 脸红心跳的公主抱

　　耳边传来几声惊呼，我扭过头，只见一个失控的篮球在半空中飞速打着旋，像一颗流星直直地朝我奔了过来，而成臻跟在篮球后面朝这边跑，担心地看着这边。

　　"借我用一下！"

　　我顺手抄起纪星哲的帽子，使出全身的力气，一记扣杀，在半空中打中了飞来的篮球。只听见砰的一声响，篮球掉落在地上，弹跳了几下，不动了。

　　"优白雪……"

　　成臻的脚步顿住，焦虑的神情僵在了脸上。他吃惊地看着眼前的这一幕，眼神说不出的复杂，脸色苍白，一下子脱力，靠在了篮球场的铁丝网上。

　　我吐了吐舌头，一个大男生也太脆弱了吧，被吓成这样。

　　"哇，优白雪，你好厉害啊！"凌千影捡起篮球，由衷地赞叹，"长这么大，我还没见过用帽子就能把篮球打下来的人呢！"

　　"对啊！白雪的力气很大的！你忘了昨天她在甲板上放倒原一琦了吗？"

　　纪星哲得意地附和着，好像凌千影夸的人是他。

　　我满头黑线，心情无比复杂，身为一个女生，听到人家夸自己力气大，也不知道该不该高兴。

　　"哈哈，幸好篮球没有砸中你。"凌千影说着，扭过头，"不然成臻会很愧疚的。对不对，成臻？"

　　他的声音一下子变得凝重起来，我们都没发现，成臻不知什么时候滑坐在地，两手捂着额头，无声地颤抖着，一副很痛苦的样子，大颗大颗的冷汗顺着脸颊砸在地上。

凌千影慌慌张张地跑过去扶住他："成……成臻，你没事吧？用不用叫医生来？"

他抬起手，撑在铁丝网上晃晃悠悠地站了起来，摇摇头："不用。"

说完，成臻挥开凌千影的手，转身就走，虽然脚步踉跄，但背影带着一种拒人于千里之外的气息，一副不希望别人多管闲事的样子。然而凌千影却好像感觉不到成臻的抗拒一般，对我丢下一句"晚上再见"，就抱起毛巾和冰水匆忙追了过去，和成臻一起消失在了拐角。

"成臻好端端的，这是怎么了？"纪星哲站起身来，瞪大眼睛，惊讶地问。

"可能是中暑了吧。"我挠了挠后脑勺，既然凌千影已经去照顾他了，我们还是让他好好休息吧。

再说，晚上我还得去找凌千影，为那个一周后的"一夜明星"而做准备呢！

4

夜幕降临，海浪拍打在船舷上，天空中升起圆圆的月亮，游轮上灯火辉煌，像千万颗星星坠落，将皎洁的月光都衬托得黯然失色。

我徘徊在凌千影的房门前，准备解决今天最后一个任务——做凌千影的模特。

“只要熬过这个，你今天的任务就结束了！加油！”

我小声为自己打气，抬起手正要敲门，房门却忽然被人从里面拉开，露出凌千影的笑脸：“快进来吧，听见你的脚步声好久了。”

凌千影的房间也很大，衣服和配饰比纪星哲还多，但整理得井井有条，充满了艺术的气息，不但准备了男生的礼服，还有少女梦幻的蓬蓬裙、曳地长裙，一看就是为我特意准备的。

我踩在柔软洁白的地毯上，落地台灯散发着橘色微暖的光。我不自觉地安下心来，整个房间最醒目的要数正中央的巨大梳妆台了，白色蔷薇雕花的欧式梳妆台上，摆满了缀着珍珠的首饰盒，隐隐露出里面流光溢彩的珠宝首饰。

他把我按坐到梳妆镜前的椅子上，两只手搭在我的肩膀上：“白雪，你比较喜欢什么风格的装束呢？淑女一些？还是可爱一点儿？”

淑女？可爱？

这些词都和我没有什么关系，我只好含含糊糊地回应：“都行。”

“既然这样……”凌千影修长的食指点在红唇上，唇角勾起一个愉悦的弧度，似乎无比享受这样的时光，“那我们就都试试吧！”

都……都试？天啊，饶了我吧！

为了尽早完成任务，我随便选了一个：“可爱吧！我选可爱！”

然而话刚出口，我忽然想起曾经看过的人气美少女钟心心的照片，她被粉丝们追捧为“可爱教主”，她的皮肤可是比牛奶还白啊！

我不由得踌躇起来：“还是算了吧……我太黑了，可爱不起来吧。”

“为什么会这么说？”凌千影看着镜子里的我，语气轻柔，“不需要和别人比较，你有属于你的可爱，别人都学不来呢。"

他拍拍我的肩膀，眉眼微弯，身上淡淡的清香萦绕在我身边："只要你相信我，相信自己，我一定不会辜负你的期望。"

凌千影的话就像带着魔力，为我注入了一股力量，我情不自禁地点了点头。

他打了个响指，从华丽的礼服中挑出一件明黄色的蓬蓬裙交给我："去浴室换上吧，这个应该适合你。"

我磨磨蹭蹭地走进浴室，拿起缀满蕾丝花边的衣服对着镜子比画，不由得苦着一张脸。裙子就算了，还是颜色这么亮丽的可爱蓬蓬裙。

我只在迪士尼动画片里的公主身上看过这种裙子啊！

"试试看吧！"

想起凌千影说的话，我鼓起勇气套上了裙子，对着镜子左看右看……真的很神奇，没想到我从来不敢尝试的颜色，穿上以后居然显得活泼而健康，浑身洋溢着一股青春的气息。

我从浴室里走出来，拘谨地扯着裙摆。

凌千影挑起眉毛，一副很满意的样子："我就说吧，你的可爱是独一无二的，别人怎么也学不来！"

我不好意思地低下头，脸庞发起热来，这还是我第一次被人这样夸赞呢！

接下来的好几个小时，凌千影起码挑出几十件衣服让我尝试，加上搭配的首饰，我简直快被折磨死了……做女生好难啊！这比帮纪星哲整理房间难多了！

03

第三章 脸红心跳的公主抱

　　终于到了化妆的时间，他将我带到梳妆镜前，从背后捂住我的双眼，语气神秘地说道："接下来就是魔法时刻，等我说'一二三'的时候，你再睁眼。"

　　我的眼前一片黑暗，我不安地问："你不会在我脸上乱涂恶作剧吧？"

　　凌千影忍不住笑了起来："怎么会？我又不像原一琦那样幼稚。"

　　对对对！幼稚！那家伙简直幼稚又自大！

　　我在心里拼命赞同，要不是头顶还有摄像机，我肯定要向凌千影控诉原一琦那些罪行了！

　　凌千影开始帮我化妆，化妆刷轻轻地扫在我脸上，舒服极了。睡意犹如洪水一般向我袭来，逐渐将我淹没，刷子落在脸上的触感也逐渐感受不到了。

　　"咦？我们的女主角睡着了啊。"

　　不知过了多久，我迷迷糊糊地听到了这句话，身体一轻，像是被人悬空抱起。那声音很温柔，我总觉得耳熟，像是在哪里听过，然而意识朦朦胧胧，分不清楚。

　　"把她交给我。"

　　"原一琦，你什么时候管起这种事了？"

　　"啰唆。"

　　半梦半醒间，我听到两个熟悉的声音……原一琦是谁来着？

　　不对，原一琦？

　　过了好一阵子，我猛地惊醒过来，一睁开眼睛，看到的就是自己房间装点着粉色风铃的天花板。

我什么时候回来的？发生了什么？

"当个模特你都能睡着，唯有这点我是佩服你的。"

原一琦带着嘲讽的声音突然响起，我怔了一下，下意识地抬起头。他的脸庞离我很近，漆黑的眸子专注地看着我，又长又密的睫毛仿佛小扇子一般，一伸手便能触碰得到。他有力的手臂将我牢牢抱在怀中，步伐稳稳地朝前走去。

公主抱？

"啊！"我惨叫一声，从他的怀中跳了出来。

热意猛地从我心底蹿了上来，我的脸颊和耳根都被染得通红，心脏扑通扑通地跳着。我捂着胸口，生怕它会蹦出来。

原一琦低头看了看我，纳闷地问："你发烧了吗？脸怎么这么红？"

我结结巴巴地问："我……我怎么会在你怀里？还，还是公主抱。"

他一愣，露出得意的神色："当然是为了让摄像机拍到，给观众看的啊，这样一来，我的人气岂不是会很高？"

我愣了愣，想起原一琦中午对我绅士又体贴的态度……这家伙！原来都是因为有摄像机在！

他看了看我，不怀好意地问："你该不会是害羞了吧？看来我的美男计很有效果啊。"

我恼羞成怒，愤然地照着他的胸口打了一巴掌。

原一琦猛咳一声，像是受了内伤，一只手撑在墙上才勉强站住，压低声音，怒气冲冲道："优白雪，你要杀人啊！"

我羞恼地把他推出门："走走走！赶紧走！"

"又要把我赶出去，你这女生……"

"咔嗒"一声锁上门，我泄愤般把旁边的家具都搬来堵在门前，将原一琦的声音彻底隔绝。

我蹲在地上，一手捂着尚未退却热度的脸颊，一手揪着地毯。

原一琦那个浑蛋，再也不想见到他了！

第四章
你是我的偶像驾到

04

1

参加《偶像驾到》的这几天，我真正明白了什么叫马不停蹄、筋疲力尽。

每天早上五点半，我就要起床，带着摄像师奔赴纪星哲的房间，而纪星哲总有一种"任凭你收拾得再好，第二天我也能把它弄得一塌糊涂"的破坏力。我又不能弃之不管，只能认命地重新帮他收拾起来，一忙就是一上午。

我这还是女主角吗？不知道的还以为我是特地上船为纪星哲收拾房间，任劳任怨，不要钱的那种保姆呢！

夜幕一降临，我还要去凌千影的房间，做他的模特。虽然他的手很巧，品位也很好，每次都把我打扮得像个公主一样，漂亮得让我认不出自己，但做模特实在是件累人的事情。我只能端端正正地坐在镜子前，一坐就是几个小时，有好次我几乎都要睡过去。

而一整个白天，我都必须和原一琦斗智斗勇，还要找尽理由邀请成臻一起运动。几天下来，我感觉成臻看我的眼神都带着一股"运动发烧友"的惺惺相惜。说实话，我参加掷铁饼比赛前的"地狱魔鬼特训"都没有录节目这几天累。

那次篮球场头疼之后，我担心地问过成臻是怎么回事，他却说这是以前生过病留下的后遗症，并不严重，不需要我担心。

不过成臻虽然好了，但另外两个人一天比一天奇怪。

比如今天，我一打开门，就看到一个熟悉的身影，像小狗一样趴在我的门口。

我无奈地开口问："纪星哲，你找我有什么事？"

"白雪！这个提拉米苏很好吃！"纪星哲双手捧着一碟小巧精致的甜品，脸上满是讨好的笑意，"我特地拿来给你尝尝的！"

又是送吃的，这都是今天第四次了！

我会变成猪的！

然而，看着纪星哲那双闪烁着星光般的眼睛，脸上也满是期待，我咆哮不出来，只能忍着，僵硬地把碟子接过来。

然而收下甜品，他却还没有离开，扭扭捏捏地站在门前，用脚尖蹭着地，时不时偷瞄我一眼，似乎想对我说什么。

为了打发他走，我拿起碟子旁边的小铁勺吃了一口，装模作样地赞叹道："好吃！"

纪星哲的表情立刻明媚起来，转身就跑："那我再给你拿一碟！"

"不……"

不用了啊！我真的吃不下了！

拒绝的话还没说完，纪星哲已经一溜烟儿地跑远了，连个影子都不见了，而我端着沉甸甸的提拉米苏，表情悲壮，仿佛拿着的是会随时爆炸的炸弹。

这家伙到底有什么毛病啊！

04

第四章 你是我的偶像驾到

　　纪星哲的反常是从我接到"王子日报"的任务第二天开始的——他经常给我送各式各样的东西，说花言巧语讨好我，喜欢拉着我到处转……总之黏人到心烦，一天二十四小时，除去睡觉的时间，起码有十个小时我都和他在一起。

　　而且更要命的是，纪星哲说我直来直往，个性十足，还敢和原一琦对吵，不畏强权与压迫，是他最崇拜的偶像。

　　被大众偶像当成偶像的感觉怎么样？

　　一点儿也不好！

　　只有纪星哲一个人犯病还好，然而可能是精神病有传染性。接过纪星哲送来的第五份甜品之后，我好不容易打发走他，刚在房间里休息了一会儿，门口又传来"咚咚咚"的敲门声。

　　我打开门，看到原一琦高大的身影，他穿着帅气的灰色西服，捧着一大束娇艳欲滴的玫瑰，嘴角露出一抹笑意，朝我眨了眨眼睛。

　　我顿时觉得无语。

　　原一琦漫不经心地理了理玫瑰花，递了过来："这九十九朵玫瑰是我特地命人一大清早从法国的庄园摘下，并用直升机运过来的，你喜欢吗？"

　　法国？直升机？送玫瑰？他脑子有毛病啊！

　　然而，面对头顶的摄像机，我却不能这么回答。

　　"喜欢是喜欢……"我勉强扯出一抹微笑，侧身让他看我身后已经变成花海的房间，诚恳地说，"不过真的不用再送了，加上这九十九朵玫瑰花，我就连睡的地方都没有了。"

　　原一琦打了个清脆的响指，轻松道："很简单，我让他们再给你一个房间。”

我终于没忍住，翻了个大大的白眼。

也不知道原一琦是不是脑子进水了，明明之前被我赶出房间还很生气，可忽然有一天，他目睹了纪星哲送我限量版鸭舌帽的场景，就突然产生了危机感，开始拼命送我东西，时不时还会翻看一本厚厚的书。我不小心瞥到了封面，书名好像叫"女人最喜欢的浪漫"。

一开始，他送过我珠宝首饰，这么贵重的东西当然会被我拒绝，但女生多多少少都喜欢花，一次鬼迷心窍，我收下了他送来的花。然而就那么一次，原一琦误以为我十分喜欢花，每天铆足了劲地送，搞得现在我的房间几乎成了花的海洋，浴室、客厅、卧室……都要被这些来自各个国度、颜色鲜艳的花朵占领。各种花香交织在一起，熏得我天天迷迷糊糊的，嗅觉都要失灵了。

见我拒绝的态度很坚决，原一琦摸了摸光滑的下巴，一把拉过我的胳膊：“既然你已经厌倦了花，那就放弃A方案，启动B方案。”

A方案？B方案？

我将玫瑰花抛进房里，踉踉跄跄地跟着他，一脸茫然：“那是什么东西？”

原一琦得意扬扬地说道：“保证是你见都没有见过，独属于你的浪漫。”

猝不及防间，我的心脏因为"独属于你"这几个字，不争气地快速跳动了几下。

我赶紧镇定下来，在心中骂着自己。

04

第四章 你是我的偶像驾到

优白雪，给我争气一点儿！这都是做戏而已！

原一琦拉着我直奔三楼的餐厅，在打开大门之前，还在故弄玄虚："要进去了，准备好了吗？"

为什么要跑到三楼的餐厅来？我们不是一直都在二楼吃饭吗？

我被这气氛感染，紧张地点点头。

2

原一琦缓缓推开大门，眼前的一切像梦境一般，如唯美画卷一点点铺陈开来，令人不自觉地怔在原地——没想到三楼的餐厅是这样的！

映入眼帘的是一堵华美的花墙，上面开满了粉色和白色的蔷薇，地上用鲜艳的花瓣铺出一条长长的红毯，一直通向尽头那张缠绕着翠绿藤蔓的纯白餐桌。铃兰花灯悬挂在花墙上，散发着淡淡的光芒，温暖而又圣洁，仿佛有花中精灵隐匿其中，偷偷地守护着被这光芒笼罩着的人。

我不由得惊叹："这实在太美了……"

原一琦微微挑起乌黑的眉毛，绅士地为我拉开椅子，邀我入座，随后走到对面，朝一旁静候已久的服务生点头示意。

没过多久，服务生就端上来几个漂亮的银盘，上面还扣着精致的银色罩子。原一琦揭开罩子，我不由得怔住了："这是什么？"

唯美的长桌上，总共端端正正地放着四个盘子外加一个大碗，都是黑不溜秋的，根本分辨不出原本是什么东西。我只能认出大碗里晃荡的灰色液体应该是一碗汤。

这是在搞什么鬼？

原一琦朝我勾了勾唇角，说道："能让本少爷亲自下厨的，你是第一个，有没有觉得很浪漫？我看书上说，女生都喜欢男生亲自给她下厨做饭的。"

浪漫什么啊！这是杀人好吗！

我拿叉子碰了碰盘子上的菜，提不起勇气试吃："你做的这几道菜都是什么啊？"

"你都看到了还不知道？虽然我是第一次做，但样子没差多少啊。"

差远了好吗！你哪来的自信啊？

原一琦自我感觉良好地介绍着："这个是香葱奶油法国面包。"

这不是煤球吗？

他指向另外几个盘子，继续介绍："迷迭香煎羊排、土豆鲜蘑沙拉，苏格兰烟熏鲑鱼和奶油蘑菇浓汤。"

这不都是炭吗？

我揉了揉太阳穴，隐隐觉得有些头疼，果然，这家伙只会做黑暗料理。

原一琦盯着我，扬起下巴："吃吧，趁着还没冷掉。"

顶着他期待的眼神，想起"王子日报"的每日任务，我只能艰难地举起叉子，尽量挑了个小块的，心里挣扎了好半天，才小心翼翼地咬了一口。

加油，优白雪！掷铁饼比赛你都不在话下，不过一口而……

我输了！太难吃了！

"呃……"几乎是入口的一瞬间，我就抽了几张纸巾掩住嘴巴，转到桌下干呕起来。

世上怎么会有这么难吃的菜？

不仅味道无法形容，而且杀伤力巨大……刚吃那么一小口，我就仿佛看到死去的爷爷在对面向我招手。

原一琦的脸色难看起来，认为我是故意跟他作对，嘀咕道："优白雪，你太夸张了吧？装什么难吃啊？"

我干呕到没力气，奄奄一息地说："你……你自己尝尝看！"

"尝就尝。"原一琦不屑地叉起一块丢进口中，"不是挺好……呕……"

他也吐了，比我吐得还厉害。

做出黑暗料理这件事对原一琦来讲，好像比被我压倒在甲板上的打击还要大。

他窝在房间里，连晚饭都没有吃，听说是在闷头研究菜谱，明明是同样的配料、同样的材料，连盐的克数都把控在了精细的范围，为什么一经过他的手做出来，就变成了那种杀伤力巨大的生化武器？

不过这也不关我的事，完成凌千影的模特任务之后，我拖着疲惫的身体回房，一下子瘫倒在铺满了花瓣的公主床上。

"好累啊……"

现在的我无比佩服那些每天打扮得精致完美的美女，这需要多么厉害的意志力啊！

正想爬起来洗澡，忽然，我的手机铃声响了起来。

"初恋的夏天，甜甜甜甜圈……"

我从口袋里摸出手机，看着显示屏上跳出施诗可爱的大头照，立刻坐了起来，精神抖擞地接通了电话："喂，施诗？"

"我没打扰到你的拍摄吧？"她充满活力的声音从听筒那边传来，透着几分调侃，"我们唯一的女主角大人！"

"什么女主角啊。"我无奈地说道，"我就是来打杂的，快要累死了。"

施诗"扑哧"笑了出来："行了！你都不知道自己现在有多火，你把原一琦推倒在甲板的那个片段，都在网上传疯了！《偶像驾到》这个节目在微博里话题都已经过五亿了呢！你看了吗？"

我每天这么累，都是洗完澡马上就睡了，根本没时间看微博。

我兴致缺缺地说："肯定都是骂我的，看不看都一样。"

她安慰我："别这么说！已经有许多人成为你的粉丝了呢！白雪，你真厉害！"

我的粉丝？

"我居然有粉丝了？"

"当然了。"施诗笑嘻嘻地说，"你上网看看就知道了，还不少呢。"

又聊了一会儿几位男生的八卦，和施诗互道晚安之后，我犹豫了一下，还是在手机上打开了微博。果然，映入眼帘的就是热搜第一的话题——《偶像驾到》。

什么"史上最年轻门萨俱乐部高智商天才成臻""千面大神凌千影，来历成谜"……话题大多都是夸那几位偶像多么帅。我躺在床上随意地浏览着话题，不经意间点开一条微博，愣住了。

　　我不敢相信地读着上面的内容："虽然开播之前我确实对女主角的人选不满意，但看了之后发现优白雪很不错啊！性格直爽又不做作，而且力气又大，到处都是看点！有了她，节目变得越来越精彩了呢！"

　　底下一堆评论，纷纷夸我可爱，和开播之前那一片骂声形成了巨大的反差。

　　我不自觉地露出了笑容，从床上坐了起来，一条一条地仔细看着他们的评论，突然觉得自己这几天的辛苦都是值得的，所有的疲惫都好似烟消云散了。

　　不过，还是有很多人觉得平凡的我不适合上这个节目，许多粉丝言语十分激烈，特别是人气美少女钟心心的簇拥者们，不知道她们从哪里得来的消息，振振有词地说原本节目是预定钟心心当女主角的，被我这个"心机女"夺走了演出机会。

　　"拜托！这也太看得起我了吧！"

　　我嘟囔着，顺手点开了一张钟心心的照片。

　　说实话，钟心心真的很漂亮，不愧是"可爱教主"。她的睫毛很长，微微翘起，调皮地对着镜头眨着左眼，粉白相间的露脐装，搭配着粉嫩的超短裙，更加衬出她白皙如玉的肤色。再看我，因为皮肤黑，所以不能穿粉嫩的颜色，再加上喜欢运动，胳膊和小腿上有一些硬邦邦的肌肉，要是扎起可爱的双马尾，只会让人觉得奇怪。

　　唉……没有对比就没有伤害，我和她的照片放在一起，简直就是丑小鸭与白天鹅。

3

　　睡前被刺激了一下，我在床上辗转了好一阵子，却怎么也睡不着了，只好爬起来，打算到甲板上透透气。

　　夜空上坠着满天繁星，一闪一闪，就像在调皮地向地上的人打着招呼。我吹着温柔的海风，心情不自觉地平静下来。我在甲板上闲逛了一会儿，不经意间一抬头，看到一个熟悉的身影倚在栏杆上，也在仰头看着璀璨的星空。

　　是成臻。

　　说起来，他虽然很斯文温柔，却总给人一种清冷孤单的感觉，就像此刻，他只是安安静静地站在那里，就仿佛与夜色融为一体了。

　　我正想着要不要打声招呼，成臻却若有所感般转过了头，他看见我，露出一个温和的笑容："白雪？这个时候你怎么还在外面？"

　　我走到他身边，看着游轮下的海浪："睡不着。"

　　"我也是。"成臻微笑着建议道，"要不我们绕着甲板跑两圈，运动一下？"

　　我惊慌地摆手拒绝："不不不，你别误会，每天我找你一起运动只是节目组的要求，要是这个时候再跑步，我就真累死了。"

　　"我知道。"他忍不住笑出声，声音低沉地说道，"白雪，你还真有意思。"

　　我愣愣地看着他，成臻向来都穿得随意而舒适，蓝色的连帽衫穿在他的

身上完全不显土气。

他摘下黑框眼镜，挂在衣领上，眼含笑意地看过来："你在看什么？"

"没……没什么。"我有些慌张，磕磕巴巴地说，"你，你明明不近视，为什么要戴眼镜啊？"

"因为学霸的形象啊。"成臻伸出食指，做了个推眼镜的动作，"学习好的人不是总是戴眼镜吗？为了显得我像个学霸，我当然要戴眼镜了。"

我忍不住笑了起来："糊弄人。"

被这么一打岔，气氛顿时变得轻松。我伸了个懒腰，由衷地感激道："成臻，谢谢你，我本来还因为网上的负面评价压力很大，在怀疑人生呢！和你聊聊，心情好多了！"

成臻的眼中掠过一丝诧异，轻声问道："白雪，既然压力这么大，你为什么不放弃呢？"

放弃？

"不！"我握紧拳头，宣誓一般回答道，"我优白雪的字典里没有'放弃'两个字，迎难而上才是我的风格！"

他静静地看了我好一会儿，脸上浮起一抹笑容："白雪，有没有人说过，你这种性格真的很棒？"

"哪……哪有……"我不好意思地挠了挠头。

被一个大帅哥这么夸奖，我快要脸红了！

"其实……我参加节目也是有理由的。"成臻转过头，看着远处亮起的灯塔，"我在国外待了好几年，最近才回来，很多地方、很多事都变得陌生了。"

"咦？"我好奇地问道，"你出国之前是生活在这座城市？"

"是。"他点点头，眼中流露出几分缅怀，"还没离开时，我小时候在这里有个很好的朋友……"

说到这里，成臻顿了顿，不知道为什么，他的声音仿佛又低沉了几分："这次参加节目，我就是想让从前的朋友能够看到我，并认出我来。不知道过了这么多年，他还能不能记得我呢？"

原来成臻是一个这么重感情的人啊！特地回来寻找童年的小伙伴！

我一把抓住他的手，语气坚定地说："这个节目这么火，他肯定会看到，也一定会记得你的！不要担心！"

他的目光落在我的手上，露出一抹笑意，语气变得轻柔起来："嗯，我相信他肯定会看到的。"

很快，时间来到最后一天，在夏雪王子号上的录制就要步入尾声，我们的下一站似乎是茫茫大海中的一个私人小岛。在抵达的前一夜，节目组会举行盛大的烟火晚会，这个晚会上，我将盛装出席，选出心目中的"最佳偶像"，就可以彻底结束这段累死人的旅行了。

我早就在心中选择好了，那就是成臻！

新一期节目播出的时候，节目组特地把我和成臻在甲板上的谈话播放了出来，还配上了很浪漫的曲子，命名为"月光下的约会"。莫名其妙地又多了一群支持我和成臻在一起的粉丝，她们称呼自己为"真白粉丝团"，在网上的热度还很高。

我选成臻倒不是为了这个，他真的很体贴、很绅士，帮过我很多，从一

04

第四章 你是我的偶像驾到

开始踢坏围墙为我解围，到打篮球时焦急地想来救我，还有甲板夜谈的默契……温柔又完美，"偶像"这个称号给他最适合不过。

凌千影为我挑了一身亮眼的蓝色礼服，就像是从晴空中裁剪出一块、用云朵捻成的细白长线编织而成，轻巧又不失端庄，裙摆下绣着无名的花朵，一团一团簇拥盛开，带着几分诗意。凌千影如魔法师一般灵活的双手，在我的脸上并没有涂抹太多，只是用指尖在我的唇上点缀了淡淡的粉红，却令人一下子变得明朗起来。

"好了。"他打了个响指，俊美的脸上浮起一抹笑意，"我也要去换衣服了，待会儿见。"

"待会儿见。"

凌千影离开后，我还提着裙子，不敢相信地左瞧右瞧了好久，几乎认不出自己来。小麦色皮肤搭配着色调明朗的礼服，显得开朗又大方，展现出了独属于优白雪的美。

我走出房间，发现整个二楼的甲板都空荡荡的，所有的工作人员去了三楼露天体育广场，为即将举行的烟火大会做准备。为了让我的"一夜明星"造型保持神秘感，一路上头顶的摄像机都关闭了。

可没走几步，我就看到一个熟悉的身影站在不远处，背对着我踱着步子。

我纳闷地问："原一琦，你不去参加烟火大会吗？就快开始了。"

原一琦转过头，眼里闪过一丝惊讶。他顿了顿，突然大步朝我这边走过来，不发一语地拉过我的胳膊，把我推到了临近的客房，砰地关上了门。

我甩开他的手，向后退了几步，警惕地问："你干吗？"

"你那么大的力气，我能对你做什么？"

原一琦白了我一眼，不过神情很快又凝重起来，他拿出银色的手机，说道："过来看个视频。"

搞得这么神秘，就为了看一个视频？

不过，想到他的确打不过我，我便磨磨蹭蹭地走了过去："什么视频啊？"

原一琦不耐烦地说："你先看，我再向你解释。"

我不明所以地点开视频播放键，画面的右下角有时间在闪动，看起来像是监视摄像头拍到的视频，而且这个时间……不就是我去《偶像驾到》开幕酒会的前一天半夜吗？

"咦？"

这个华丽的宴会厅也很眼熟啊！

4

夜晚，宴会厅空无一人，舞台正中央的水晶灯也没有开，只有几盏暗淡的廊灯亮着。忽然，一个穿着迷彩服、戴着口罩和棒球帽，把全身包裹得严严实实的高大身影闯进了画面。

"啊！"我瞪大了眼睛，"酒店里来贼了？"

原一琦卖着关子："继续看下去。"

我在心里嘀咕了一句，不过现在离烟火晚会开始还有点儿时间，于是继续看了下去。

　　这个闯入画面的人看身形是个男人，十分游刃有余，动作也不带半点儿慌张，像是早就知晓里面没人一样。他径直朝舞台上走去，悄无声息地将桌椅摞得高高的，爬了上去。

　　接着，他背对着监控器，从怀中掏出一把螺丝起子，不知道在干些什么。这下子倒是引起了我的好奇心："他在干什么？"

　　"拧松连接水晶灯的螺丝。"原一琦指了指天花板上的灯，语气平静地说道，"正因为这颗松掉的螺丝，水晶灯才会在开幕式上突然掉下来，把你砸进医院。"

　　"什么？"

　　水晶灯掉落根本不是意外，而是人为的？

　　我瞠目结舌地看着他："可……可我记得之前酒店的主管不是说电路老化吗？"

　　原一琦的脸上带上了一丝肃杀："酒店每年都会进行安全检查，怎么会突然老化得掉下来砸到人？这只是酒店的说法而已，我也是参加录制之后才回想起来那天的事情，感觉有些不对劲，特地找人去调查了一番，才确认真的有人动了手脚。"

　　是什么人？为什么要做这种事？

　　我被吓得慌了神，下意识地找起了手机："报警！这件事必须得报警才行！"

　　原一琦抬起手，轻按在我的肩膀上，他的表情认真严肃，全然没有之前的高傲模样："你先冷静一下。就算报了警，光凭这个视频也当不了证据。我们知道他是在拧松螺丝，但从视频上其实并不能看清楚，而且视频上根本看不到这个人的样子。他穿成这个样子，还有意背对着监视器，显然是有备而来。"

我愣愣地听着，抿了抿唇，沙哑着声音问："那……那怎么办？"

"只能我们自己调查了。"原一琦摸了摸光洁的下巴，眼里闪过一道光，"这个破坏水晶灯的人一定是冲着开幕式来的，当时台上只有我和你两个人，这个人的目标肯定是你我之中的其中一人。"

我若有所思地说道："但我们现在都好好的，而且还都参加了节目……"

"没错。"

原一琦垂下眼帘，月光透过窗户洒在他的脸上，半边融入黑夜，半边向着光明，就好像他这个人一样，让人捉摸不透。

"我们两人都完好无损，所以他肯定会再次行动，说不定下次他会选择更激进的方式。如果不在他下手之前调查出他的身份，你和我都很危险。"

我攥紧拳头，心脏也跟着怦怦跳个不停。

天啊！这真的不是拍电视剧，我居然碰到了这样的事！

我紧张地点点头："我知道了，我该怎么做？"

"优白雪。"原一琦认真地看过来，仿佛世界上只剩下我和他，"我们和好吧，发生了这种事，不能再闹脾气了。"

我撇了撇嘴："是你先挑衅的。"

不过，就算原一琦平时再怎么幼稚、惹人生气，我也还是分得清轻重的，这个世界上居然还有一个幕后黑手在等着我们，想想都可怕。

我向他伸出手，别扭地说："那就和好吧。"

原一琦微微挑眉，握住我的手。他的手干燥而温暖，让人心安。

"既然我们是站在同一立场的伙伴，是不是应该互帮互助才对？"

兜来兜去，果然还是这个目的。

我听出他的言外之意，无奈地翻了个白眼："好了！我知道了，不就是选你成为我心目中的'偶像'吗？"

耽误了这么久，从房间出来时，烟火大会只有十分钟就要开始了，临走前原一琦还郑重地叮嘱我，关于神秘人的事不能让任何人知道，因为搞不好这个人就混在船上的某个工作人员里，在暗处盯着我们。

为了避免被那个"幕后黑手"发现端倪，我特意在原一琦离开之后又等了一会儿，才走上三楼甲板。

烟火大会现场布置得很豪华，就像个小型的宴会一样。甲板上摆着两排等待绽放的烟花，不远处还有帅气的大厨，现场为大家做着菜。无论是哪一边，都让人觉得赏心悦目。

我本打算悄无声息地混进队伍当中，但纪星哲的眼睛实在很尖，还没等我靠近，就大声喊起来："白雪白雪！快过来！烟火大会要开始了，你怎么这么慢？"

我磨磨蹭蹭地走到若无其事的原一琦身边，嘟囔道："不是还有三分钟吗？"

"白雪，你今天真漂亮！"见我走近，纪星哲的眼睛一亮，由衷地夸赞道。

站在一旁的凌千影得意地挑了挑眉毛，成臻也一脸欣赏地看着我："是啊，不愧是'一夜明星'。"

我不好意思地低下头，正要谦虚两句，站在一旁的原一琦却冷冷地说："虽然比平常好了一点儿，但也只是看得过去而已。"

我朝他怒目而视，可这时，忽然听见导演大叔宣布——

"烟火大会正式开始！"

随着这声指令，无数烟花飞上了夜空，炸出一簇簇颜色各异的花朵，就像流星划破天空，朝海面坠落。我捂着耳朵痴痴地看着，从来没有这么近距离地观看过烟花，那爆开的声音震撼着耳膜，也在心中响彻，让人不由得精神一振。

很快，开场的烟火结束了，我们对着摄像机说了提前准备好的开场白，做了几个小游戏，就进入了"选择女主角心中的偶像"环节。

因为事前已经商量好，我没有犹豫，直截了当地说："我选择原一琦。"

话音刚落，周围一片哗然，所有人都露出惊讶的神情，毕竟我和原一琦向来看不对眼，不打起来已经算是万幸了，没想到我居然会选择他。

纪星哲第一个委屈地嚷嚷起来："白雪！你为什么不选我啊？我哪里不好了？"

想想也对，如果我在家看电视，发现女主角选了原一琦，肯定会认为她脑子坏掉了。然而为了搞清楚那个害我进医院的人是谁，我只能和原一琦联手。

"呃……"我看着他，勉强找了个理由，"你……你先学会把房间整理

好，就离偶像近了。"

纪星哲沮丧地垂下头："还要学会收拾房间，好难啊……"

我偷瞄了成臻一眼，发现他的脸上也满是愕然。

本来是他入选的，是我对不起他。

在一片窃窃私语声中，唯有凌千影十分高兴，他"啪啪啪"地鼓起掌来，笑意盈盈地说："恭喜！我就知道你们是欢喜冤家，肯定是有缘分的！"

根本就是孽缘。

选出心目中的"偶像"之后，没想到我还要和原一琦在甲板中央跳一支开场舞。优美悦耳的华尔兹舞曲在耳边响起之后，我简直快要哭了。

天啊！我跳舞真的不行啊！

记得小时候学校组织舞蹈课，我几乎把和我搭档的小男生都踩进了医院，最后被校长紧急叫停，特批我可以自由活动，才拯救了无数祖国幼苗。这简直是我人生当中最不堪回首的一段经历。

正暗自沮丧时，一股力量拉住了我的手，原一琦与我十指轻扣，仿若一对亲密恋人般。他的眼神温柔而缠绵，视线牢牢地锁定着我，声音富有磁性，如醇厚的红酒，带着独属于他的韵味："不用担心，随着我的脚步走。"

平时惹我生气的声音此刻却令人如此安心，我按照他的指示将另一只手搭上他的肩膀，紧张地低声回应："我……我不会跳舞！之前还让人受伤过，你还是趁早跟导演叫停比较好！"

原一琦轻轻一笑，微微勾起唇角，他搂上我的腰："只要你相信我，不会有事的。"

他的话就像有魔力一样，令人情不自禁地想要相信，箭在弦上，不得不发。我呼出一口气，自暴自弃地说："死就死吧！我可是提醒过你的！"

原一琦那身笔挺的燕尾服胸前别着一枚银光闪闪的飞鸟胸针，就像欧洲中世纪的贵族一样温柔优雅。他在华尔兹音乐中引领着我："不要太在意脚的动作，看着我的眼睛。"

"身体不要太僵硬了，把自己放松地交给我就好。"

"放心吧，我没那么脆弱，会被你踩到进医院。"

我晕乎乎地随着他的脚步转来转去，双耳听不到音乐，只能听见他第一次用这样温和的声音讲话。

一首曲子很快就到了尾声，不过十分钟的工夫，我的额头却冒出了细汗，感觉比打篮球还要累。而最重要的是，我居然只踩了他两次就完成了整支舞曲。

记得小学时我踩过的最少记录也是十八脚。

就在最后一个音符结束时，原一琦揽着我的腰来了一个漂亮的结束动作，他低下头看着我，轻声呢喃道："白雪，你做得很好。"

我微微仰起头，他那双墨色的眸子中满是深情，仿佛要将我溺在他的眼眸里，仿佛受到了某种蛊惑一般。他缓缓低下了头，越靠越近，最后竟然在我的脸颊边落下了一个吻。

热意从他落下吻的位置迅速扩散到了两边的脸颊，不用看我也知道自己的脸红成了什么样，心脏在胸腔里扑通扑通地跳着，比烟花的爆炸声还要震撼。

我语无伦次地说道："你这是……"

原一琦仍旧保持着十分亲密的姿势，靠近我的耳朵，轻声说道："晚上我会关掉摄像头，来我房间，有重要的事跟你商量。"

最后他还加上了一句："不要让任何人看见。"

第五章
危机！偶像保卫战！

05

1

夜色越发深沉，空气中飘浮着淡淡的烟火气息，星星点点的火光落入一望无际的深海之中，明灭闪烁，就像天际缀着的点点繁星，随着层层波浪渐行渐远。

烟火大会一直开到凌晨。虽然宴会上有很多摄像机，但比起拍摄，这更像是一场犒劳工作人员连日辛勤工作的狂欢派对。到了最后，大家都没什么拘束，痛痛快快地玩了一场，大会结束后，就尽兴地各自散去，回屋休息。

在这群人中，只有我因为原一琦之前那句奇怪的话，带上了与这欢乐气氛格格不入的忧心。

我回到房间，又等了一个多小时，外面的甲板上彻底安静了下来。我估计时间差不多了，就换上黑色的运动衫，戴上一顶鸭舌帽，蹑手蹑脚地向原一琦的房间走去。

原一琦和我住在同一层，距离不远，不过他的房间离凌千影很近，所以我还是要小心些。头顶的摄像机低垂着，代表正在运作的小红灯也暗了下来。

我一边四下张望着，一边来到原一琦的门前，刚举起手要敲门，不知怎的，脑海中忽然浮现出他在我脸颊边印下的那个轻吻，手居然发起抖来。

争气点儿，优白雪！不就是被他亲一下脸颊吗？没什么大不了的！反正原一琦是为了赢得《偶像驾到》的第一名，在摄像机外的观众面前逢场作戏而已，半点儿真心都没有。

这样说服着自己，可我的心情并没有变得轻松，反而像是压上了一块大石头，有种说不清道不明的感觉。

我晃了晃头，强迫自己不要去想这种感觉，敲了敲门。房门应声而开，原一琦双臂抱胸，倚在门框上，似笑非笑地说："你这身打扮，鬼鬼祟祟地来敲我的房门，是想来绑架我吗？"

现在已经子夜一点多，原一琦换上了纯黑的睡衣。他好像刚洗过澡，有些湿的头发遮住眼帘，被他轻轻一拨，服帖乖顺地躲到耳后。

"不是你叫我……"

我下意识地想要反驳，然而看到原一琦的样子，不由得呆住了，只能转过头去含含糊糊地说："没什么，先进去吧。"

原一琦奇怪地看了我一眼，侧过身让我进门。

我还是第一次来到原一琦的房间，黑与白的配色透出一股沉稳又神秘的气息，整个房间里温暖如春，满满两面墙都是书。

我随意瞥了一眼，发现大多数文字都看不懂，而不远处的桦木书桌上，文件堆得比小山还高。

身为"夏雪事务所"的社长，原一琦平时也很忙啊！

我浑身僵硬地坐在沙发上，腰挺得笔直，尽量不去看原一琦，低声问："你找我有什么事？"

原一琦从小冰箱里拿出两罐果汁，将其中一罐递给我，坐到我身边：

05

第五章 危机！偶像保卫战！

"你紧张什么？头都不敢抬。"

"谁紧张了？我才没有！"我虚张声势地反驳，闷头灌起了果汁，然而第一口咽下去，我就吐了吐舌头，嫌弃道，"好难喝啊……"

酸中带着苦，苦中又透着隐隐的甜，简直和原一琦做的黑暗浓汤有得一拼。

原一琦看到我的反应，将还没开封的果汁放到茶几上："这是意大利的新品，既然优白鼠都尝过了，那我就不尝了。"

"你什么意思？拿我当试验品吗？"我不满地瞪了他一眼。

原一琦"扑哧"笑了出来，一手撑着头，虽然声音还是懒洋洋的，但脸上带上了一丝凝重："我找你来是想问问，你心中有没有关于凶手的人选？你就没得罪过什么人吗？"

我茫然地回答道："我心中没有凶手的人选，但得罪过的人太多了，全都是女生啊！要不是因为《偶像驾到》这个节目，我还不知道有那么多敌视我的人。"

"就没有男生吗？"原一琦追问道，"也许会有男生因为你参加节目而讨厌你啊。"

"有。"

原一琦双眼一亮，问道："是谁？说不定那个人就是犯人。"

我坦诚地回答道："你。"

"……"

原一琦沉默了好一会儿，转移话题道："这个人知道开幕式的时间和地点，而且根本不害怕宴会厅里的监控器。我调查后发现，被他拧松的那颗螺丝恰好维持到我上台讲话的时候掉下来，这需要很厉害的专业知识。你真的不认识这种人？"

我困倦地打了个哈欠，迷迷糊糊地说："没有，我念的那种三流学院，哪有什么专业很厉害的人。"

原一琦像是被我传染了一样，也慵懒地往沙发上一靠，锲而不舍地琢磨："这就奇怪了……我也想不出这样的人选。"

好困啊……今天实在太累了，我都快要睡着了。

"别说我了，你呢？"我强撑着说道，"你有没有得罪过什么人啊？"

"那就数不清了。"原一琦掰着手指头数了起来，"因为负面新闻被我雪藏的艺人，前段时间竞标失败的对手，还有我收购的公司……"

这是得罪了多少人啊……说不定我就是被他牵连的。

我听他细数着那些人名，就像是在我耳边念圆周率一样枯燥。我越听越困，眼皮重得好像有人在拼命往下拉，怎么都挡不住它下坠的趋势。

不行……撑住，不能在这里倒下！

到最后，我都不知道自己和原一琦说了些什么，只觉得他的声音越来越低，好像来自天边，虚无缥缈。

"优白雪，你听我说话了吗？"

"听着呢……我不吃烤鸡翅。"

眼前蒙上黑暗，我一头栽在黑夜的旋涡之中，终于还是支撑不住，沉沉地睡了过去。

2

清晨，阳光透过窗户，洒在了屋子里，我被阳光刺得睁开了眼，不满地嘟囔了一句，随手拿起沙发上的靠枕蒙在头上，迷迷糊糊地说："是谁啊……怎么不拉窗帘……"

过了好一会儿，昏昏沉沉的脑袋终于清醒过来，我揉了揉眼，眼前的环境是如此陌生——黑白底色的房间，两面壮观的书柜，还有吹拂在脸上的暖风。

咦？

这……这不是原一琦的房间吗？我怎么会在这里？

房间里没有别的声音，也没看到原一琦的身影，只有轻不可闻的呼吸声，而我的脸紧紧地贴着一块温暖的布料，带来几分柔软的触感。

不会吧？

我的脑海中突然冒出一个念头，吓得闭紧了双眼，整个人僵在沙发上一动也不敢动。我不会枕在原一琦的身上了吧？

我咽了咽口水，小心翼翼地转过身，果然！

原一琦正靠在沙发的靠背上，修长的手指搭在我的肩上，仿佛环抱着我一般。他的头靠在沙发上，双目紧闭，睡意正酣，阳光洒落在他的脸上，在原一琦细长浓密的睫毛上跳跃，整个人仿佛被笼罩在一层薄光中，温和又安谧，就像初见那天一样美好。

我的天！我居然拿他的腿当枕头睡了一整晚！

我瞬间清醒过来，差点儿从沙发上掉了下来，幸好我反应快，撑着茶几稳住了自己。幸好原一琦睡得很沉，完全没有醒。

　　我记得昨天晚上，我们一起讨论拧松水晶灯螺丝的凶手，可后来……后来因为太晚，我说着说着就睡着了……难道原一琦也跟着睡迷糊了？所以才让我枕着他的腿？

　　"嗯……"

　　正在这个时候，原一琦在沙发上转了个身，嘴唇微动，不知在嘀咕些什么。我以为他要醒了，再也没有心思回忆什么，马上爬起来，逃命似的跑到了门外。

　　"呼……"整个过程中，我尽量蹑手蹑脚，而房间里也没有什么动静，直到关上门，我才抚了抚胸口，长长地呼了一口气。

　　正在这个时候，一个熟悉的声音在我身后不远处响起。

　　"白雪？"

　　我被吓得心脏跳到了嗓子眼，猛地转过身，顿时傻眼了……糟糕，太倒霉了吧！怎么被凌千影看到了？

　　凌千影应该是刚刚运动回来，他穿着亮眼的柠檬黄运动衫，柔顺的短发被发带束起，露出光洁的额头。他瞪大眼睛看着我，震惊地问："你怎么会从原一琦的房间出来？还这身打扮？"

　　"我……"

　　我张了张嘴，忽然想起和原一琦的约定。对了，这件事不能告诉任何人，否则会惹来麻烦。

　　我不自在地捏住衣角，心虚地打着马虎眼："这个说来话长……"

凌千影狐疑地盯着我，然后露出恍然大悟的表情，说道："你们该不会……"

"嘀嘀——"

游轮发出一声长鸣，打断了凌千影要说的话，紧接着，我们头顶的无线电广播响起一个甜美的女声："各位游客，还有三十分钟就要到达目的地滨崎岛。请各位带好行李，到北门集合，按次序下船。"

"那个……千影。"我赶紧开口，"我还没整理行李，有什么事以后再说，先走了！"

广播刚结束，我丢下这句话就落荒而逃，还不到十秒钟就奔回了房间，砰地甩上房门，跌坐在地上，喘起了粗气。

吓死我了！怎么偏偏让凌千影发现了？这家伙，别看是个大男生，第六感可比女生还要准！

半个小时很快就过去了，我背着很快就收拾好的双肩包，和大家一起聚在北门，等待着下船的那一刻。

原一琦像是刚刚睡醒，无精打采地站在我的旁边，时不时打着哈欠，十分困倦的模样。幸运的是凌千影并没有提到之前碰到我的事，只是平常地和我打着招呼，可不知道为什么，他每次看向我和原一琦时，总会露出一个神秘的微笑，害得我心里有点儿发慌。

很快，汽笛再次长鸣，自动舷梯被放下。我跟在原一琦身后，从长长的阶梯走下，踏上了滨崎岛——一个神奇美丽的新世界。

滨崎岛也是原一琦家的产业，踏在散发着清香的泥土地上，首先映入我眼帘的就是满目翠绿的热带雨林，参天大树的树冠层层相叠，望不到尽头。在雨林之中，偶尔还会看到穿梭其中的小猴子，远远地还能听到不知名的鸟儿的叫声。

雨林的深处立着一座显眼的白色高塔，在阳光下反射出耀眼的光。高塔后面是一幢漂亮的大别墅，屋顶上仿佛覆盖着融化了一半的冰激凌，门窗也做成甜甜圈和马卡龙的形状，可爱极了。

"原一琦，这里是……"我正要问原一琦这是哪里，忽然听到密林中发出"沙沙"的响声，还没来得及反应，就见雨林里冲出来一群穿着奇怪兽皮的土著人，手中拿着长矛，一下子就把我们包围了起来。

为什么滨崎岛会有土著人？

大家都被吓到了，面面相觑，不知道发生了什么事情，只有站在我旁边的原一琦轻喷了一声，两手揣在口袋里："这老头，又玩这种把戏。"

话音刚落，那群土著人就从中间分开，迎来了一个看起来像是族长的人。

这个人四十岁左右，头上戴着长长的羽毛帽，两边脸颊上，靠近颧骨的地方抹着红、绿、黑三种条纹，一缕卷发遮着他的眼睛。他身体健硕，裸露在外的臂膀肌肉线条流畅，身上穿着夸张的兽皮衣，然而这些装扮却丝毫没有影响到他的帅气，反而增添了几分异国风情。

他将长矛稳稳地插在地上，忽然笑了起来，犹如冰雪消融，优雅而又温柔："欢迎大家来到滨崎岛。"

咦？是错觉吗？这个人我好像在哪里见过。

他的目光在原一琦身上停了片刻，又落到了我身上，双眸含着笑意，中

第五章 危机！偶像保卫战！

气十足地自我介绍道："我是原茗雅,滨崎岛的主人!结束了'夏雪王子号'的豪华之旅,接下来就由我招待你们了,希望大家的这次岛屿之行能够玩得愉快,争取将《偶像驾到》的收视再创新高!"

原茗雅?

我瞪大眼睛,"啊"地叫出声来。

这不是原一琦那个影帝爸爸吗?

3

热带雨林的路本来很崎岖,幸运的是,还有一条小路通往童话度假别墅,我们一行人扛着行李,背着摄像机器,沿着小路往前走去。

我本来跟在团队的后面,可不知道为什么,负责带路的原茗雅回头张望了一圈,对我招了招手:"小丫头,过来一下。"

我应了一声,跑过去,紧张地问:"原……董事长好,请问找我有什么事吗?"

"不用那么拘谨,叫我伯父就好。"原茗雅很随和,双眸和原一琦很像,但眼神比他要柔和许多,"我就是想看看你而已。"

啊?为什么要看我?

正疑惑不解间,我就听他慢悠悠地说:"《偶像驾到》播出的那几期节目我都看了,尤其是你把阿琦推倒在甲板上的那一段,让我印象特别深刻。"

坏了!该不会是为他儿子来找我算账了吧?

我慌了神，笨拙地解释道："伯父，其实我不是故意……"

原茗雅两只手搭在我的肩膀上，夸赞道："干得好！"

我一瞬间还以为自己听错了，没反应过来："什……什么？"

原茗雅十分欣慰地说："我都明白，年轻人嘛！我儿子那个臭脾气，这么多年一直都交不到朋友，本来我还很担心他，但看到你和他关系那么融洽，我就放心了。"

等等！伯父，你是不是有什么误会啊？谁和他关系融洽？

我着急地想要解释，然而跟在后面偷听的原一琦凑了过来，抢在我之前不满地说："我到底是不是你亲生的？儿子被打你还高兴，再说，谁和她关系融洽？不要乱说。"

"你就是这样才总交不到朋友。"原茗雅不满地瞥了他一眼，上下打量着我，很满意地连连点头，"白雪是女生，记得多让让她，照顾好她，听到没有？"

原一琦飞快地瞟了我一眼，又不自然地撇过头，满脸不耐，却极轻地应了一声："好了，我知道了。"

很快，我们从雨林特有的风情之中穿行而过，来到了度假别墅，没想到的是，别墅前方还有一座美丽的欧式庄园。推开高大的铁门，映入眼帘的是庄园中颜色各异、灿烂盛开的鲜花，在这小岛上，万物繁茂生长，生机勃勃。

别墅总共有三层，外加一座屋顶上的空中花园，就像中世纪王族生活的城堡，华丽浪漫，古朴的大门早已被拉开，穿着精致礼服的管家和仆人都等候着，一个个来到我们面前，将我们引向自己的房间。

05

第五章 危机！偶像保卫战！

　　长长的走廊上挂着许多美丽的画作，一看就价值不菲，简直就像在开小型画展。我一边欣赏，一边随着管家走到自己的房间。他彬彬有礼地将钥匙递给我，便恭敬地离开了。

　　洁白的窗帘随着微风摇摇晃晃，挂在窗边的风铃时不时奏响清脆悦耳的乐章。房间里的香氛加湿器散发着淡淡的清香，有点儿像莲花，又有点儿像柑橘，软而绵的地毯踩在脚下，让我整个人都轻飘飘的，仿佛走在云端上。

　　"哇，我来了！"

　　我将行李箱放到一边，扑向松软的大床，忍不住抱着枕头在上面打起滚来。

　　看滨崎岛那连成片的雨林和原茗雅的土著装扮，我还以为要在荒郊野外进行"雨林探秘"或者"观察土著人的一天"这种任务，没想到还有这么舒服的地方可以休息。

　　我蹬了蹬腿，伸着懒腰，舒心地长出了一口气。

　　然而还没等我休息多久，房门就被人敲响，伴随着引我来这里的那个管家的声音："优白雪小姐，中午到了，老爷通知大家到空中花园参加午宴，不知道您现在方便吗？"

　　我连忙从床上爬起来，对着镜子整理了一下衣服和头发，风风火火地跑去开门，露出一个和善的微笑："方便方便，带我去吧。"

　　空中花园建在屋顶，顺着刻有图腾的木质楼梯上去，就能见到浩瀚的花海，周围还种了几棵高耸入云的大树。花园的尽头有一块空地，听管家说，那是直升机坪。

　　我刚上去，发现大家还没有来，倒是原一琦很积极，竟然第一个到了。

他百无聊赖地坐在木椅上，低着头摆弄着手机打发时间。

我的视线不自觉地落在他的腿上，又连忙转过头，捂着"扑通扑通"跳动的心脏，一步一步挪过去，想要趁他不注意，找个角落坐下。他却头也不抬地拍拍旁边的椅子，说道："这边有位子，过来坐。"

我怔了一下，结结巴巴地问："过……过去坐？"

我没听错吧？原一琦居然邀请我坐在他旁边？

原一琦抬头看了我一眼，将手机收了起来，也不知是跟谁闹着别扭，瞪了我一眼："嗯。"

我只好磨磨蹭蹭地走到他旁边，悄悄地用手摸了摸椅子，发现没有什么问题，才慢吞吞地坐了下来。整个过程，原一琦一直盯着我的脸看，却什么都不说，保持着沉默。

我忍不住问道："我脸上沾什么东西了吗？"

"没有。"原一琦生硬地回应，移开了视线，假装是在眺望着远处的景色。

我撇了撇嘴，暗自嘀咕："搞不懂你。"

虽然原一琦叫我过来坐，但他完全没有和我交流的意思，就那么沉默着眺望远方。我们在这种奇怪的气氛中僵持着，好不容易等纪星哲他们过来，原一琦也终于转过了头。

纪星哲吵吵闹闹地和我说了一会儿话，左等右等也不见原茗雅过来，忍不住向一旁的管家好奇地问："咦？原董事长呢？他不来吗？"

"老爷有点儿事需要处理。"管家恭敬地回应，"请大家再耐心等一等。"

从早上开始我就没有吃饭，现在已是饥肠辘辘，肚子都"咕咕"叫了起来。我捂着肚子，趴在桌子上，小声地叹了口气："好饿啊。"

原本沉默不语的原一琦忽然吩咐道："先上菜吧，你再去派人催催老爸。"

少爷既然发话了，管家不敢怠慢，应了一声，步履匆忙地离开了空中花园。

原一琦用手托着下巴，闲聊一般问道："优白雪，你喜欢吃什么？"

"我？"我指了指自己，见他点头，老老实实地答了起来，"只要不难吃，都喜欢。好端端的，你问这个做什么？"

原一琦的视线不自然地锁定在桌子上，明明是在和我说话，却完全没有转头看我："没什么，无聊，随便问问。"

真是古怪。

我狐疑地看着他的背影，正想要追问，天边却突然响起一阵激烈的"嗡嗡"声。我仰头看了过去，只见一架银色的直升机在天上绕了两个圈，呼啸着向这边冲来，明明势头那么足，却像奇迹一般，很是平稳地落在了直升机坪上。

从直升机中跳出一个穿着粉色超短裙、扎着双马尾、皮肤白嫩如牛奶一般的少女。她漂亮得像精灵一般，朝这边蹦蹦跳跳地走了过来，双马尾也随着她的动作跃动不已。

"好眼熟啊……"我喃喃自语道。

我怎么好像在哪里见过她呢？

4

美少女径直走向我，将一张纸拍到我的面前，双臂抱胸，趾高气扬地说："这是你的任务。"

我拿起任务卡，只见这是一张在船上接到过的那种卡片——"王子日报"之偶像保卫战。

"偶像保卫战"是什么？

还没等我问，美少女绽开了一个纯真又可爱的笑容，她站在我们几个人面前，说道："大家好，我是钟心心！接下来的任务会由我和大家一起完成。希望能和大家好好相处！"

等等……钟心心？

那个超级美少女偶像钟心心？

钟心心也参加《偶像驾到》了，为什么？不是说这个节目的女嘉宾只有我一个人吗？

我看向周围，大家一副惊讶的样子，好像谁都不知道钟心心要参加这件事。

摄像师将镜头对准我的脸，将我惊慌失措的表情都拍了下来。

导演大叔拿起话筒，严肃地宣布："优白雪，你知道自己在网络上的人气一直不佳吧？虽然前几期节目播出之后，你的人气有所增长，但仍然有许多粉丝不满，在网上呼吁换掉女主角，而粉丝们推选的人气女星钟心心，人气是你的好几百倍！"

我的心一点点沉了下来，有些发堵。

我抬头看向站在一旁的钟心心，她的表情始终高傲自信，不由得让我想起前阵子网友贴出的那张对比照。一瞬间，好不容易被驱散的自卑感又向我席卷而来，重重地压在我的身上，让我喘不过气来。

纪星哲不满地嚷嚷："哪有这样的？女主角都定好了，哪有说换就换的道理！"

成臻推了推眼镜，对我点点头，沉稳地说："我也觉得这件事节目组的考虑欠妥。"

凌千影附和着："对啊！白雪做得很好，这样对她不公平。"

原一琦则直接冷下了脸，带有威胁性地问道："谁准许的？"

导演大叔像是已经预料到了这种情况，擦着冷汗说："大家不要急，先听我说完。出于对《偶像驾到》节目收视率的考虑，我们策划了这次的'偶像保卫战'特辑！具体要做的事，我会让人在午宴后交给你们，只要优白雪能在这一集扭转观众们对你的看法，就可以继续当这个女主角，反之就要出局。优白雪，你明白了吗？"

我咬了咬下嘴唇，点点头，低声说："明白了，我会加油的。"

就像算准了时间一样，我的话音刚落，女仆们就端着一盘盘精美的食物鱼贯而入——硕大的澳洲龙虾，嫩白柔软的虾肉浇上鲜红甜美的酱汁，光是远远看着就令人胃口大开。餐桌的正中央摆上了城堡模样的翻糖蛋糕，粉嫩的屋顶、白色的围墙，开满了各色花朵的藤蔓，再加上微微敞开的大门，和我们住的别墅简直一模一样。

很快，这些精巧而又美味的食物就摆满了一整桌，换回平常装束的影帝原茗雅跟在仆人身后进来，像是没注意到餐桌上的低迷气氛，开始宣布下午的安排："从现在开始，就是大家的自由休息时间了。今天摄像机会关掉，大家可以任意活动，到处看看，但是出门的话记得报备一声，因为外面是热带雨林区，擅自出去可能会迷路。"

"哦。"

我了无生气地应了一声，刚刚拿起筷子，就被突然而来的一股大力推到了一边，要不是我反应快，差点儿跌坐在地上。

我瞠目结舌地看着钟心心霸占了我原来的座位，嗲声嗲气地对旁边的原一琦说："你好，原社长！我在事务所里可是天天都能听到你的名字呢！这下终于见面了，实在太好了！"

原一琦撇过头，微皱着眉头，沉默不语。

我正想要和钟心心理论一番，却被纪星哲拉住，扯到他旁边的座位上。

纪星哲为我夹了一只鸡腿，安抚地说："好了好了，别生气，和她理论也没什么好处，不如先填饱肚子。"

想了想，我拿起鸡腿默不作声地啃了起来，偶像保卫战……一听就是我和钟心心的一场战斗，她人气那么高，我能赢吗？

"原一琦，吃完饭，你带我去逛逛啊！人家第一次来滨崎岛，人生地不熟的，谁都不认识，你就陪陪人家好不好？"

害怕就别逛，有什么可看的。

我大口地啃着鸡腿，虽然没有说话，但听到她这令人鸡皮疙瘩掉一地的声音，还是忍不住腹诽。

"原社长，你给我剥只虾吧！我不擅长剥虾，而且手上会油油的，不舒

服。"

不擅长就别吃。

"阿琦，你快尝尝这个！特别好吃，你一半，我一半。"

我将鸡骨头扔到桌子上，站起身来，不满地说："不吃了。"

纪星哲怔了一下："咦？才吃个鸡腿而已，你吃饱了吗？"

成臻关怀地说道："再吃一点儿吧，白雪，待会儿你一定会饿的。"

"阿琦，你快吃，吃完我们好去花园逛一逛，特别浪漫呢。"

我下意识地看了过去，只见原一琦仍是沉默不语，但钟心心一脸灿烂的笑容，几乎整个人都贴在了他身上。不知道为什么，这个场景在我眼中尤其碍眼，胸口顿时升起一股无名火来。

我掉头就走："不吃了，我减肥！"

第六章
我和他渐渐靠近的心

06

1

滨崎岛的天空万里无云，初秋的凉意被无形的墙隔绝在外，点点阳光洒落在脸颊上，满是夏日午后的慵懒与惬意。然而我的心中却不合时宜地蒙上了一层乌云，还淅淅沥沥地下起了小雨，将我的心房填得满满的、沉甸甸的，控制不住地向下坠着。我只觉得有什么东西堵在了胸口，上不去又下不来，憋得我有些难受。

我两手插在外衣口袋里，闷闷不乐地踢着地上的小石子，嘀嘀咕咕地说："原一琦那个浑蛋，见色忘友！还有钟心心，是来录节目还是来搭讪的啊？她要抢女主角也就算了，吃饭的时候还要和我抢，和我有仇吗？"

别墅花园里盛放的鲜花随着微风轻轻摇摆，化成五彩缤纷的海洋。我一路走着散心，不知道为什么，越来越郁闷。

我蹲下身来，抚着一枝鲜艳欲滴的玫瑰花，忽然有些感伤："他送我的玫瑰花都枯了。"

自从那次黑暗料理事件过后，原一琦就再也没送过我大束的花朵，而房间里的那些花随着时间的推移，也变成了枯枝残叶，被扔进海里，静静地沉入深海。

我和原一琦的关系随着时间的推移，又会变成什么模样呢？

"优白雪？优白雪！"

我正想着这些不着边际的事，忽然听到有人在背后叫我的名字。我转头看去，只见成臻朝这边跑过来，他的额头冒出点点细汗，长而浓密的睫毛扑扇着，细碎的短发因为跑动变得有些凌乱。

成臻气喘吁吁地在我身旁站定，注视着我的双眸："白雪，原来你在这里。"

我瞪大双眼，说道："成臻，你怎么在这里？"

"我不放心你。"他深吸了好几口气，慢慢地站起身来，"怕你伤心。"

我忍不住笑了起来，拍拍自己的胸口："放心吧！我优白雪还不至于因为这点儿小事就伤心，就是有点儿郁闷，跑来散心而已。"

成臻伸出手来，将我从地上拉起，轻声问道："是因为担心'偶像保卫战'？"

我怔了一下，低头盯着地面的草，没精打采地回答道："算是吧。"

虽然原一琦让我莫名火大，但更让我生气的是，原本我就不是自愿参加这个节目的，如果节目组更加看重人气，那一开始就叫钟心心来参加不好吗？干吗偏要在这个时候突然把她叫过来搞竞争？还不如直接说，叫我把女主角让给钟心心，直接回家算了。

成臻的脸上露出一丝担忧："你放心，节目组应该只是想借着钟心心的高人气，把节目的热度再炒火一些，毕竟'争夺女主角'这个噱头还是挺吸引人的，仔细想想，说不定你的个性会更容易被人喜欢上呢！"

生气归生气，我沉重地点了点头："我知道……但我还是怕输掉。"

　　成臻抿了抿嘴唇，拍拍我的肩膀："放心吧！不是还有我们吗？相信我们，你只要做一个真实的优白雪就好。"

　　像是想到了什么，他转了转眼珠子，提议道："要不然这样吧，我去和管家说一声，把我的房间搬到你旁边，你要是有什么不懂的，或者心情不好，都可以来找我，我愿意做你的聆听者。"

　　成臻真是个好人啊。

　　我的心中泛起丝丝感动，可是我还要调查水晶灯的凶手啊！搞不好原一琦会在夜深偷偷潜入我的房间，成臻要是住在隔壁，看到了怎么办？

　　我顿了顿，委婉地拒绝道："那个……谢谢你的好意，不过这毕竟是比赛，我想靠自己的能力抢回这个位置。"

　　成臻推了推眼镜，满不在乎地说："没关系，我……"

　　话还没说完，就被一个熟悉的声音打断，凌千影的声音响了起来："白雪！你在哪里？白雪！"

　　我赶忙朝远处的凌千影挥了挥手，大声回应道："我在花园里！"

　　"白雪！"他飞快地跑过来，喘着粗气，断断续续地说，"白雪，你……你怎么跑得这么快啊？我从空中花园出来就一路狂追，还是把你跟丢了，在那边绕了好几圈。"

　　他看见成臻，忍不住数落道："还有你，明明我们前后脚就隔了一分钟，你就没影了！那么快干吗？就不能等等我吗？"

　　"对不起，千影。"我无奈地安抚他，乖乖认错，"抱歉，让你担心了。"

　　凌千影将视线从成臻身上转回来，精致的五官皱成一团："你都不吃东西，开始减肥了，肯定遭受了特别大的打击，否则打死你，你也不会不吃午饭的。"

我问道："在你眼中，我就是这样的人吗？"

"开玩笑呢！"凌千影勾了勾唇角，哥俩儿好一般揽过我的肩膀，坏笑着问，"白雪，跟我说说实话，你不吃饭就从空中花园跑出来，是不是因为钟心心和原一琦啊？"

被猜中心里的想法，我顿时慌乱起来，结结巴巴地否认道："谁是因为他们……"

然而凌千影却全然不管我的辩解，继续追问道："你是不是喜欢原一琦？反正现在摄像机都被关掉了，这花园里只有我们三个人，你说说，我会为你保密的。"

一瞬间，成臻震惊的目光也落到了我身上。

我喜欢原一琦？开什么玩笑！

我下意识地想要否认，但是看到凌千影的笑脸，我忽然意识到，大概他看到我一大早从原一琦的房间里走出来，误解我和原一琦有暧昧，所以这次我从空中花园离开，他一定觉得我是在吃醋。

天啊！我真是要疯了！

如果这个时候否认了凌千影的猜测，那他肯定会追问我早上的事，而且现在成臻也在，我该怎么办啊？

看着成臻和凌千影那仿佛要在我身上烧出洞的目光，想到和原一琦共同战线的盟友关系，我只好含糊地回应道："是吧，我大概……喜欢他。"

啊……杀了我吧！好憋屈啊！

"我就知道！"凌千影得意扬扬地抬起下巴，满脸笑容，比中了彩票拿大奖还要开心。

与凌千影的反应截然相反，成臻的脸色却忽然暗淡下来。他紧紧地盯着我，问道："白雪，你真的喜欢原一琦？"

为什么还要问一遍啊？我快要抵挡不住了！

我的额头上流着冷汗，正要开口，忽然，附近的草丛里响起了"沙沙"的响动，好像有人正在接近这里。成臻警惕地把我和凌千影护在身后，对着那片草丛呵斥道："是谁？快出来！别躲躲藏藏！"

一个高大的人影从草丛中走了出来，拍了拍沾在衣服上的杂草，漫不经心地说："喊什么？是我。"

英俊的脸庞，高挺的鼻梁，灿若星辰的双眼……原一琦？

凌千影从成臻背后探出头来，瞧了瞧我，又瞧了瞧原一琦，露出一个神秘的笑容："哦，是原社长啊。怎么不陪着钟心心，有闲心跑这里来偷听了？"

"谁偷听啊！"原一琦不自然地反驳道，"我是为了躲钟心心才来这里闲逛的，谁让你们声音那么大，我不想听也没办法不听。"

"该不会……"我抱着最后一丝希望，艰难地开口，"其实你没听到什么不该听的吧？"

"不该听的？"原一琦撇过头，耳根微红，轻咳了一声，"要说是你对我的告白的话，我想我应该听到了。"

"啊啊啊！"我惨叫起来。

我的天啊！这到底是什么酷刑？好想找个地缝钻进去，我的一世英名啊!

2

"真好!大家都讲开了,省得猜来猜去,像拍电影一样。"始作俑者凌千影向我挑了挑眉,一副"快夸奖我"的表情,劝导着我,"既然原一琦都来了,有什么话当面说就好,不用憋在心里。比如说你为什么从空中花园离开,这些都可以讲讲嘛。"

我期盼着凌千影不要再说了,赶紧从我身边离开。也不知道是不是错觉,总觉得一开始凌千影就很热心地想把我和原一琦凑到一起,这次我说喜欢原一琦,他简直就像天上掉了一块蛋糕,正好砸在他嘴里那样开心。

我捂住发烫的脸颊,闷闷地催促道:"好了,别说了。"

凌千影拉住面色不善的成臻,机灵地说:"我和成臻还有事,就不打扰你们了。白雪,你也不用担心'偶像保卫战',我们都会支持你的!"

成臻被凌千影扯了几下,才不甘不愿地挪动脚步,随着他离开。

一时间,整个花园里就剩我和原一琦两个人,我窘迫得抬不起头来,偷偷瞥了原一琦一眼。只见他也面红耳赤地站在原地,目光闪烁,一会儿看看天空,一会儿看看花,就是不敢看我。

我没看错吧,原一琦居然会脸红?

我放下了捂着脸的双手,愣愣地盯着他,不一会儿,他的脖颈也染上了一层绯红,可爱极了。

等等,可爱?我居然用这个词来形容原一琦,是大脑烧坏了吗?

无边的寂静在我们中间蔓延，原一琦像是终于忍不了了，重重地咳了一声，打破了平静："你……你盯着我干吗？"

被他这么一提醒，我赶忙移开了视线，低下头，脚尖不自觉地踢着脚下的草："没……没什么。"

原一琦不知怎么想的，竟然向我走近了一步。

我感觉到他的气息，强迫自己站在原地，防备地问："你要干什么？"

"怕什么，我又不是坏人。"原一琦瞪了我一眼，语气和缓了一些，"凌千影说你不开心，要我多关心关心你，你……你有什么不开心的吗？我可以听听看。"

凌千影的话怎么那么多啊！

我在心中抓狂，但表面上还是维持着淡定的模样，抿了抿嘴唇，说道："什么都没有，他瞎说的。"

原一琦不知是理解了还是失望地"哦"了一声，不死心地继续追问："那你为什么要离开空中花园？和我有关吗？你说喜欢我是真是假？"

"和你一点儿关系都没有！"我举起手在胸前比了个"叉"，虚张声势地说，"我那么说只是为了守护你和我之间的约定不被凌千影发现，所以是假的，是在骗凌千影。你不要想太多，也不要信！"

原一琦静静地看着我，片刻后，轻描淡写地说道："其实是真的也无所谓啊。"

什么？

在听到他那句话的一刹那，我的心脏不受控制地跳动起来，就像胸中揣着一只活泼的小兔子。我捂住胸口，磕磕巴巴地问他："你……你不是讨厌我吗？还说我是花痴、爱慕虚荣，三番五次和我作对。"

"那时是我看走了眼，毕竟还不认识你。"意外的是，原一琦居然很坦率地回应我，双眸映着我的身影，"相处下来，我发现你这人还不算讨厌。"

我的心脏狂跳不已，好像我微微松手，就会不受控制地跳出去。

虽然他这话听起来也不像什么夸奖，但我压抑不住这份悸动，我忍不住小心翼翼地问："你该不会是喜……"

话还没来得及问出口，就听到草丛那边发出杂乱的声响，一个熟悉的声音欢快地叫着我的名字跑了过来——

"白雪！"

那个身影插进我和原一琦中间，丝毫没有打扰到别人的自觉，拉起我的手，十分欣喜地说："白雪，你快跟我来！"

我一时没有反应过来，愣愣地看着突然出现的纪星哲，一脸茫然地问："纪星哲，你什么时候来的？要拉我去干什么？"

"刚来啊，看到你在这里，我就马上奔过来了。"纪星哲拉着我的手，奇怪地看来看去，"白雪，你发烧了吗？怎么脸那么红啊？而且手上都是冷汗，是被吓到了吗？还是说被原一琦欺负了？"

原一琦轻喷一声，两只手随意地插进口袋，语气突然冷淡下来："纪星哲，你不是说要回房间吗？怎么跑出来找优白雪了？"

"我回过了啊。"纪星哲邀功地对我说，"白雪，我会自己收拾衣服了，我带你去看看！连管家都说我整理得特别好！"

说完，他向原一琦做了个鬼脸："你不要跟过来。"

原一琦长腿一迈，表情冷淡地抬杠："你不让我跟，我偏跟。"

他们两个是小孩子吗？

我被纪星哲拖着，跟跟跄跄地往房间走去，而原一琦不紧不慢地跟在后面。纪星哲的房间被安排在一楼，推开大门没走多久就到了，他按着门把手，脸上挂着孩子似的纯真笑容："接下来就是见证奇迹的时刻。"

纪星哲说他收拾好了房间，我是怀疑的，毕竟按他的邋遢程度，能独立收拾房间几乎不可能。

然而我却并没在房间里见到熟悉的衣海，就连平时随处乱丢的行李箱也都排成了两排，放到了衣柜旁边。纪星哲的房间贴着米色的墙纸，房门的正对面是一架白色的纯木钢琴，而在钢琴旁边还摆着一把木吉他，所有的行李箱都消失不见了，衣服叠得整整齐齐地放在衣柜里。

"哇！"我不由得惊叹出声，"可以啊，纪星哲，这么快你就学会收拾衣服了。"

"是不是离偶像这个名号更近了？"纪星哲扬眉吐气，得意扬扬地说，"我都这么厉害了，白雪，你快夸夸我！"

纪星哲满脸讨好的笑容，怎么看都像我隔壁家养的那只小哈士奇。我忍不住拍拍他的头，说道："干得好！继续保持！"

纪星哲不好意思地摸了摸脸颊，红着脸应道："嗯。"

这个时候，原本沉默不语的原一琦忽然大跨步走了过来，将我的手拿了下来，举起自己的手，大力地揉着纪星哲的头发，皮笑肉不笑地夸奖道："你居然这么努力，真是不错啊！让我刮目相看了！"

纪星哲有些蒙，拼命挣扎起来，大声嚷嚷："原一琦！我不要你夸奖！

给我走开，撒手！我的发型乱了！"

原一琦松了手，又拿出手帕擦了擦掌心，不屑一顾地哼了一声，转身扬长而去。

"他又犯什么毛病了？"

"我不知道啊。"

他这突如其来的举止实在太奇怪了，我和纪星哲茫然地看着他远去的背影。

3

晚宴并没有像中午那样要求大家聚在空中花园一起吃，而是各自留在自己的房间，有什么喜欢吃的就告诉管家，到时候仆人会送过来。本来我还担心怎么面对凌千影的揶揄，幸好有这样的安排，着实让我松了一口气。

说实话，我也不是很想见到钟心心。

早饭没吃，午饭只吃了一个鸡腿，再加上下午那如云霄飞车般的经历，我早就饥肠辘辘，拜托管家送来几道菜。趁着没有摄像机，周围也没人，我顾不得吃相，十分钟之内就风卷残云地解决了桌上的所有菜。

"嗝——"

我拿帕子擦了擦嘴，揉着圆滚滚的肚子，毫无形象地打了个饱嗝。

虽然录节目很累，还要应付那么多事，但伙食是真好啊。然而明天就要开始滨崎岛的录制了，"偶像保卫战"这个任务也要拉开帷幕，也就是说，明天我就要正面对上钟心心了。

　　我无声地叹了口气，拿起管家送来的明天的任务，正打算研究一下如何取胜，才刚翻开第一页，连字都没看清，就听见啪的一声，头顶的灯光灭了，眼前陷入了黑暗之中。紧接着，一声响彻整个别墅的凄厉尖叫钻进我的耳中。

　　"啊！"

　　发生什么事了？

　　我被吓得一哆嗦，手中的任务卡啪地掉落在地。

　　我摸索着站了起来，走到窗户边，只见窗外也是一片漆黑，除了淡淡的月光，其他什么也看不见。

　　"停电了？"

　　不过……那个尖叫声是怎么回事？

　　我想起动漫《名侦探柯南》的恐怖场景，浑身的鸡皮疙瘩都起来了。我甩甩头，将脑海中的可怕画面抛开，迎着月光磕磕绊绊地找到备用手电筒，打算去走廊看看是怎么回事。

　　随着手电筒亮眼的光束，我慢慢地出了房门。

　　走廊里静悄悄的，让人心里发慌。我拿着手电筒向四处照了照，决定去钟心心的房间看看。

　　那声尖叫是女生发出来的，说起来，难道是钟心心遭到了什么突发状况？

　　钟心心的房间离我不远，可刚刚走过拐角，我就看到一幕让人难以相信的场景——

　　借着淡淡的月光，我看到钟心心的房间门口站着一个高大的身影，是原一琦。

钟心心啜泣着扑向他怀中，哽咽着小声抱怨："你怎么才来啊？突然这么黑，人家都要怕死了。"

原一琦这么快就来了？

我下意识地躲到墙后，关掉手电筒，不知怎的，心像是被针扎了一下。

原一琦平时没见有多积极，怎么英雄救美倒是第一个就出现了？

我一眼都不想多看，转身就走。可我路过走廊的一个房间时，隐隐听到一声几乎听不见的呻吟声，像是很痛苦的样子，要不是这夜色静谧，恐怕很容易就被忽略掉。

"嗯……救救我……"

这个声音好熟悉啊，不是钟心心的声音。

该不会是真见鬼了吧？不对不对，这世上没有鬼，我要相信科学。

我心惊胆战，提着手电筒再三思量，才大着胆子，小心翼翼地朝那个房间走去。成臻和凌千影好像都住在这层楼，就算真出了什么事，他们应该也会来救我。至于原一琦，就抱着钟心心吧！反正我是不指望他了。

我一边扶着墙，一边用手电筒照亮四周。

我磨磨蹭蹭地向前走去，只觉得那个声音越来越清晰，我的心里也越来越紧张。终于，我到达那扇半开着的房门前，祈祷般闭了闭眼，悄无声息地走过去。

"咦？成臻，你怎么了？"

只见成臻蜷缩在镜子前，双臂抱头，满头冷汗，发出痛苦的喘息声。他此刻就像一个婴儿一样，蜷缩成了小小的一团，看起来既孤独又无助。

　　我惊慌失措地跑了进去，拍了拍他的脸颊："成臻，你怎么了？别吓我啊！"

　　他整个人就像刚从水里捞出来一样，衣服都被冷汗浸透了。我抓起袖子，为他擦掉额头上的汗，担心地叫着他的名字："成臻，你醒醒！"

　　成臻艰难地睁开眼，迎着月光，意识恍惚地看着我，就连说话都很费劲："优白雪？"

　　我连连点头："对，我是优白雪。你怎么样了？好些了吗？"

　　成臻勉强露出一个笑容，脸色铁青地安抚我："没事的，不用担心，我过一会儿就好了。"

　　这怎么让人不担心啊？

　　"成臻！"

　　我急得像热锅上的蚂蚁，大概是听到我的声音，凌千影忽然从门口冲了进来。他径直跑到成臻身边，转过头对我冷静地说："他这是幽闭恐惧症发作，必须去找医生。现在停电，我去比较安全，你好好照顾他。"

　　我赶忙点头："我知道了，你去吧。"

　　然而凌千影还没来得及走，就被成臻拉住了。他指尖发白，像是把全身的力气都用在了上面，喘息着，无力地说："不……不要去……"

　　凌千影握着他的手，焦急万分："可你这样，我……"

　　突然，别墅来电了，明亮的灯光重新亮起，成臻被突然亮起的强光刺得眯起了眼，身上的最后一丝力气也被剥夺了一般，手指无力地垂了下来，落在地上。他翻了个身，平躺在地板上，将身体舒展开，长长地舒了一口气。

　　他像是被光芒拯救了一般，低声说道："没事了，真的没事了。"

4

没过一会儿，管家过来敲门，有点儿好奇我和凌千影为什么会在成臻的房间，不过他什么都没问，只是说道："因为特殊原因，别墅的电线刚刚短路，给大家造成不便实在抱歉，现在我们已经派人修好了。"

顿了顿，他看向仍然躺在地板上的成臻，关切地问："有什么需要我帮忙的吗？"

凌千影看了成臻一眼，只见他对自己摇头，忍不住叹了口气："没什么，谢谢管家大叔。"

管家离开后，我抹掉被成臻吓出的冷汗，抱怨道："成臻，你真是要吓死我了。"

他虚弱地笑了笑，强撑着从地板上坐起来，还有闲心开玩笑："你天不怕地不怕，这点儿事哪会吓到你？"

凌千影从浴室里找到一条毛巾，拿过来递给成臻："你确定自己好了吗？真的不用叫医生？"

"好多了，只要睡一下就好，不用担心。"成臻接过毛巾擦了擦脸上的汗，奇怪地问他，"你怎么知道我这是幽闭恐惧症发作？"

凌千影一愣，垂下头捋了捋衣摆，过了一会儿才轻声回答："我……我有个亲戚在医院专门治心理疾病，我见过幽闭恐惧症患者，所以刚才看到你感觉很像，随便猜的。"

成臻将毛巾放到一边，脸上露出笑容："猜得这么准，看来你也适合当

医生。"

我看着成臻，心中不由得涌出一股难过。没想到这么好的人，还要被幽闭恐惧症折磨，难怪我以前每次经过他的房门前，不管什么时候都有灯光透出来。

我好奇地问他："成臻，你为什么不让凌千影去找医生？我记得节目组带着随行医生的。"

一瞬间，成臻沉默了，半晌才摇摇头，面色仍旧有些苍白："我的病在国外治了这么多年都没好，这里的医生肯定也没什么用，而且我的病……我不想让别人知道。"

他侧过头去，看向窗外，说道："我小时候被一群劫匪绑架过，他们把我关在一间狭窄的小屋子里，从来不开灯，屋子里只有一扇小窗，连月光都看不清楚。我每天都觉得自己要死了，后来虽然被人救了出来，却患上了幽闭恐惧症，就算在国外治疗了那么多年，但始终还是很害怕黑暗狭窄的环境。"

听着他的诉说，凌千影的眼中闪过一丝黯然。

我震惊地看着成臻的侧脸，完全无法想象出这样一个温柔的少年，小时候竟然经历过这种惨痛的事。

我找不出安慰的话语，垂着头，干巴巴地说："对不起，我没想揭你伤疤的……哎呀，早知道我就不问了。"

"没关系。"成臻的目光落到我的身上，温柔地说，"事情已经过去很久了，这又不是你的错。"

凌千影拍拍我的后背，附和道："对啊！打起精神来。"

"白雪，千影。"成臻冲我们点点头，俊朗的面容上露出郑重其事的神情，"这件事我对谁都没说过，现在在这里，只有你们两个人知道，你们能帮我保密吗？"

这是成臻的隐私，我当然不会乱说，马上答应下来："我知道了。"

见凌千影也跟着点了点头，成臻总算松了口气，紧蹙的眉头也舒展开来。

我盘腿坐在地毯上，静静地看着有说有笑的两个男生，忍不住叹了口气。

这个节目里，怎么人人都有秘密？

纪星哲这样万众瞩目、星光闪耀的偶像花美男，私底下却是个邋遢大王；而原一琦和我都在追查当初故意弄掉水晶灯的凶手，这件事也不能对第三人讲起；而现在，成臻还多了个幽闭恐惧症的秘密。

我们四个人当中，好像只有凌千影暂时还没有奇怪的一面。

过了一会儿，成臻好多了。

现在已经快半夜十二点，我和凌千影站起身来，打算回房间休息。可当我刚刚走到门口，忽然，原一琦拎着纪星哲的衣领，像拎玩偶一样把他拖了进来。

"纪星哲？"走在前面的凌千影倒抽了一口冷气。

纪星哲垂着头，无精打采、一副听天由命的样子。

我惊奇地看着他们："你们这是干什么？"

"我听管家说你们都在这里，就带他过来了。"原一琦松开手，淡淡地解释，"纪星哲是造成这次电线短路的罪魁祸首，具体什么原因，你自己

说。"

纪星哲心虚地低下头:"其实……都是意外啦。"

他像小猫似的缩了缩脖子,小声辩解:"我突然很想吃火锅,就拜托厨房送来房间煮,可一不小心把汤洒在插座里了,之后就……像大家看到的这样,反正很快就修好了,对吧?"

我们哭笑不得,凌千影和成臻假装出凶狠的模样,围住纪星哲揍他:"好啊,你不承认错误就算了,居然还狡辩!看我们几个好好收拾你一顿!"

纪星哲抱着头一边躲着,一边嘴硬道:"本来也不算很严重啊!不管做什么事都有可能发生意外的!"

"你还嘴硬!有能耐你别跑啊!给我站住!"

"傻子才不跑呢!"

"凌千影,成臻!快点儿抓住他!原一琦,去把门给锁好了!"

随着嬉笑打闹的声音,一场乌龙闹剧就这么落下了帷幕。

第七章
藏匿在阴谋下的真心

07

第二天清早，"偶像保卫战"就正式开始了，太阳在海平面上只含羞地露出了半张脸。徐徐微风带着几分早秋的萧瑟凉意，天边没有什么云彩，一片澄澈，应该过不了多久就会温暖起来。

我穿着白色的薄外套，搓了搓冰凉的指尖，看着不远处如众星捧月般围了十几位化妆师、正在补妆的钟心心，坐立不安地等待着滨崎岛的第一天拍摄。

之前导演大叔就说过，"偶像保卫战"这一集到最后，我和钟心心谁去谁留还要看网上观众的投票。论人气，我和钟心心差了不止一星半点，就算在前几期节目中有一些观众开始支持我，但这些人的数目还不到钟心心粉丝的千分之一，更别提什么铁杆粉丝了。只要她们在网上一天不抨击我，就已经万幸了，所以这个任务无论怎么看我都赢不了。

我不经意间一抬头，被对面的钟心心惊艳到了，她的皮肤白皙嫩滑，脸颊上透着莹莹水光，就像护肤品广告的模特。我下意识地看了看自己的双臂，健康的小麦色一点儿都没有变白的迹象，就像巧克力牛奶似的。想到今天是户外活动，我根本没化妆就出来了，而且还穿着一身运动装，随时可以去跑马拉松的那种。

钟心心见我注意到了她，唇角带着自信的笑容，微微张开嘴，无声无息地用口型说着："最后的赢家会是我，想吃天鹅肉的癞蛤蟆、黑煤球。"

说谁癞蛤蟆！说谁黑煤球呢！

我顿时火冒三丈，恨不得撸起袖子冲过去和她理论，然而这里人多眼杂，周围又都是摄像机，如果我找她吵架的视频被传到网上，就真的该退出《偶像驾到》这个节目了。我只能忍耐下来，皮笑肉不笑地用口型回应她："谁输谁赢还不一定呢。"

钟心心不屑一顾地向我翻了个白眼，就再也不看我了。

她居然还冲我翻白眼！不行，优白雪，说什么也不能输给她！

我被钟心心激起了胜负欲，从口袋中掏出手机，开始拼命在网上搜索钟心心的资料，映入眼帘的都是——

"超人气美少女偶像，性格甜美可爱，温柔动人，天真单纯不做作……"

"钢琴十级，芭蕾舞专业出身，华丽少女艺术家……"

这是钟心心的公司请来的人写的吧？

我快速浏览了一遍，就把手机丢回了口袋，惆怅地坐在一旁的石头上，唉声叹气。

"唉……一点儿用都没有。"

该怎么扭转观众对我的印象才好啊？她们有太多理由来讨厌我，我却要用自己的魅力来征服她们，实在是比登天还难。

"要开拍了，居然还这么紧张？白雪，你这愁眉苦脸的样子，我可不想看到自己漂亮的模特变成这样啊。"

　　一个熟悉的声音传进我的耳朵，我循声看去，果然看到凌千影笑眯眯地站在身后。大概大家都知道今天的第一个任务要在野外举行，所以他也没有穿什么华丽的礼服，而是换上了一身薄荷绿的连帽衫，浑身透出朝气蓬勃的气息。

　　我伸出手指，将唇角往上提了提，无精打采地说："这样像你的模特了吗？"

　　"勉勉强强吧。"凌千影笑了笑，温和地说，"好了，不逗你了。我是代表大家来为你加油打气的，来，伸手。"

　　我不明所以地伸出手，还没反应过来，掌心一热，就多了几块牛奶糖。

　　他冲我魅惑地眨眨眼睛，纤长浓密的睫毛像小扇子一般："送你几块糖，吃了之后，你一整天的拍摄都会顺利的！要记住，你不是一个人在战斗，我们几个都会帮你的。"

　　大家虽然性格各异，但都很温柔呢！

　　"谢谢你们。"

　　我感动得红了眼圈，连忙别过脸抹抹眼角。

　　"不用谢。毕竟我们相处了这么久，都是好朋友了！我先回去做准备了。"

　　凌千影向前走了两步，忽然想到什么似的，又停下了脚步，促狭地冲我挑了挑眉："忘了说，我刚刚所说的好朋友只是代表成臻和纪星哲。至于原一琦是怎么想的，我就不知道了，正好他要过来了，不如你亲自问一句？"

　　不要说这种多余的话了！

　　扔下这句话，凌千影像脚底抹油了似的飞快地逃走了，我坚守在原地撑了一会儿，还是抵不住好奇心，偷偷摸摸地往原一琦的方向看去，正好看到他漫不经心地朝我走过来，手里还拿着一枝沾着晶莹露水的玫瑰，惊得我连忙坐直了身体。

原一琦缓慢地走到我的眼前，挡住了我的视线，却不吭声，埋头摆弄着手里的那枝玫瑰花。好像他并不是来找我的，而是纯粹找个阳光好的地方赏花。然而我往旁边一挪，他却不动声色地跟着移动，将我的视线挡得死死的。

我主动开口："原一琦，你来找我有什么事？"

"没找你，这里光线好。"原一琦瞥了我一眼，轻咳一声，"你就没事问我？"

我的脑海中忽然浮现出凌千影的话，脸不由自主地红了，极力扯开话题："中午去哪里吃饭？"

原一琦瞪着我："吃吃吃，就知道吃！中午哪里都能吃，既然没事，我就走了。"

我一头雾水，见他就要转身离开，然而不知道为什么，手却不受控制地拉住了他的衣袖，脱口而出："别走，我想问你的是……这次'偶像保卫战'的任务，你是希望我赢，还是钟心心赢？"

原一琦的嘴角露出一抹笑，又生怕被发现一般极快地收了回去，他一本正经地回答："当然是希望你赢了，毕竟我们是盟友，还要调查凶手是谁呢，钟心心又代替不了你。"

说完，他换上凶巴巴的面孔："所以给我争气点儿，不要输给她，听到没有？"

一瞬间，我的心情阳光明媚起来，俏皮地抬手敬了个礼："知道了，长官！"

"知道就好。"原一琦嘟囔了一句，犹豫着把手中的玫瑰递给我，目光却转向别处，"这朵花先交给你保管，好好藏起来，别摔到它。"

我接过花，闻了闻芬芳的香气："你哪来的花啊？"

"从别墅前的花园里摘的。"原一琦神神秘秘地压低声音，装模作样地恐吓我，"这可是我老爸最宝贵的玫瑰，等任务结束，你就把它送回来，我再重新嫁接回去，别让我老爸发现了。"

我暗暗翻了个白眼："那你还让我拿着这朵花录节目？"

原一琦摊了摊手，特别欠揍地说："所以要你藏好，别被我爸发现了。"

讨厌鬼，当我傻啊！

2

太阳从海平面上徐徐升起，耀眼的阳光普照在整个岛屿上，天边飘来几片薄薄的云彩，被那红光渲染，与海中的倒影融为一体。宽大的叶子随着微风发出"沙沙"声，带来独属于雨林的湿润气息。

终于，一切准备就绪，"偶像保卫战"第一天的拍摄要开始了！

我揣着凌千影送的牛奶糖，将原一琦的玫瑰藏进随身的背包里，对着镜头微笑起来。比起最初，现在的我已经越来越适应摄像机的存在了。

"'偶像保卫战'一共有三场战斗！"导演拿着大喇叭，躲在摄像机的后面，向我们宣布今天的拍摄任务，"今天的第一场战斗就是考验各位的野外生存能力！我们分为红蓝两队，钟心心和优白雪作为队长，带领自己的队伍在滨崎岛的天然雨林中进行生存大考验。钟心心作为踢馆的女嘉宾，有权在四位偶像中选择三位作为自己一方的队员，而剩下的那名偶像自动和优白雪组队。"

"我想好了，"导演刚说完，钟心心就挂着甜美的笑容，迫不及待地开口，"我选原一琦、成臻和凌千影！"

果然是这样。

我郁闷地看着她，心头升起了一股沮丧。总共才四位男生，钟心心挑走的三个都是体能强的，留给我的纪星哲虽然长得很帅，但是他只会弹琴唱歌，完全是运动白痴。

纪星哲丝毫没有失落，也没有发现我复杂的心情，欢天喜地跑了过来，晃着我的手，亲昵地说："白雪，我们居然是一队呢！"

"嗯。"我敷衍地点了点头，上下打量了他一眼，忍不住开口，"你这身衣服……"

纪星哲展开双臂，在我眼前转了一圈："衣服怎么了？"

我无语了，憋了好久才憋出一句："是不是不太适合野外生存穿啊？"

这家伙是偶像明星，不管什么时候都穿得华丽夸张，今天也不例外——黑色的T恤和炫酷的皮衣，胸前的口袋上挂着麦穗般的金色流苏装饰，一走动就晃出灿烂的光；黑色破洞牛仔裤虽然衬托了他修长的双腿，但不适合在雨林中行走，更别说他还搭配了一双精致的小皮靴。

这是要拍野外生存，而不是去开演唱会啊！

偏偏纪星哲毫无自觉，也跟着看了看自己的装束，却根本没发现什么问题，最后干脆地拍了拍自己的胸脯，保证道："白雪，你放心，有我在，你什么都不用怕！虽然我平时不爱运动，但其实真的很厉害！我肯定会帮助你赢得这次任务的，你就等着好消息吧！"

不求你能帮我完成什么任务，只要你肯老老实实待着，别给我惹祸就足够了。

我将这些台词咽回去，抱着怀疑的心态，苦笑地说："那就拜托你了，如果有什么事，记得和我商量，不要冲动！"

纪星哲满口答应："这种小事，你放心。"

我根本放心不下来，总觉得眼皮在跳，不像有什么好事会发生。

钟心心选择了代表热情的红队，而我自然领了蓝色的号码牌。分队之后，导演耐心地向我们介绍野外生存的规则："野外生存的第一法则，一定要找到食物、干净的水源和遮风避雨的住处。这次你们要依靠自己的力量进行野外生存，只要大家能平安顺利地撑过三天三夜，就算通过这场战争。而优白雪和钟心心之间的比拼，我们会通过中间的表现进行打分，分数最高的人就是这场战争的胜利者！"

我看向钟心心，正巧她也在看我，露出冷冷的笑容，仿佛在向我提前宣告着自己的胜利。

哼！谁输谁赢还不一定呢！

导演并没有注意到我和她之间的针锋相对，拍拍手，高声宣布道："希望大家能够团结一致，在残酷的雨林环境中生存下来！为自己的队长争取有利条件！第一项任务正式开始！"

导演的话音刚落，钟心心头也不回地带着三名队员向南边走了。我为了避开他们，和纪星哲一起去了北边。

参加节目之前，我留了个心眼，特地和管家打听了一下滨崎岛雨林的状况。听管家说，雨林很大，容易迷路，但因为物资充足，就算真迷路了，一般也饿不死。然而为了提防动物闯进别墅，所以雨林里挖了很多陷阱，只要谨慎一些避开，野外生存就基本没什么问题。

清晨，雨林的地面有点儿潮湿，踩下去总觉得脚下软绵绵的，让我心里有些不踏实。然而更让我不踏实的是此刻走在前方异常亢奋的纪星哲，他是第一次见到这样大片的雨林，兴奋地左看右看，丝毫没有注意到自己的脚下。

我只好跟在纪星哲的身后，像个老妈子一样叮嘱他："小心脚下！那边有陷阱！"

"哎呀，白雪，你实在太小心了，放轻松点儿。"他不在意地回复我，一拍手，"对了，我们要找食物来着，这样吧，不如我们分头行动，这样效率快一点儿。"

我还没来得及挽留纪星哲，他就兴致勃勃地去了雨林的深处，站在原地等了一会儿。我只好听他说的，在附近找起了能充饥的食物，毕竟身在野外，我对食物的要求并不高，只要不饿死、没毒就成。

幸好我机智，提前查了能在雨林吃的野果。

雨林的生存条件得天独厚，我仰着头在浓密的树林中寻觅了一会儿，就找到了一棵结满野果的树。红彤彤的野果挤在一起，在阳光的照射下，晶莹剔透，就像一串串红宝石穿成的珠链。

07

第七章 藏匿在阴谋下的真心

虽然不记得这种果实叫什么名字了，但好像是能吃的。

我仰起头来，这棵树起码有十几米高，不是我能轻易爬上去的。我转了转脚踝，以一个专业运动员的架势热了热身，对着粗壮的树干猛地踢上一脚。树枝剧烈地摇晃起来，仿佛台风刚从它的身边经过，令人垂涎欲滴的红果就像大雨一样，簌簌地掉落下来。

"白雪，你太厉害了！"纪星哲不知什么时候跑了回来，看着满地的野果赞叹道。

他已经把外套脱了下来，包着什么东西，鼓鼓囊囊的，我的视线落到上面，不由得问道："你找到什么食物了？"

纪星哲得意扬扬地打开这个简陋的包裹向我展示，语气里带着掩饰不住的自满："怎么样？我厉害吧！"

我的天！一大堆色彩鲜艳的蘑菇，红、白、蓝、黄、红，什么颜色都有，简直像抽象画啊！

3

我揉了揉太阳穴，无力地说："纪星哲，这些是毒蘑菇。"

就这个量，煮一锅喝下去，我就能上天和太阳肩并肩了。

"毒蘑菇？"纪星哲呆了呆，惋惜地说，"明明颜色这么好看。"

"颜色再好看也不能吃，扔了吧。"我一边催促他将那些毒蘑菇扔掉，一边收集着地上的野果，"反正我们收集了这么多野果，实在不行，我们就去海边看看，能不能钓个鱼，或者找点儿海味烤着吃。"

纪星哲闷闷不乐地将毒蘑菇扔掉，垂头丧气地说道："我本来是想帮你，没想给你添麻烦的。"

见他如此，我只好绞尽脑汁想着怎么安慰他："其实也不算添麻烦，又不是什么大事，不是还有我在吗？"

纪星哲一瞬间来了精神，抬起头来，眼睛炯炯有神地看着我，就差没冲我"汪"地叫一声。他一拍脑袋，说道："没错！寻找食物我不太擅长，我擅长的是保护你。"

他的话音刚落，不远处的树林里就发出窸窸窣窣的声响。纪星哲紧张起来，脑袋转来转去，警惕地看着四周，没底气地对着密林深处喊："是谁？别躲躲藏藏的，快出来！"

"是风吹的吧？"我将野果包好站了起来，也随着他瞧了瞧，并没有发现什么东西。

那一声之后，密林里静悄悄的，我们两个观察了一会儿，也没瞧见什么奇怪的东西，正要放松警惕，突然，一道黑影直直地向我们撞了过来。

我刚看清那是什么东西，就被纪星哲扯住了手，在雨林中玩命地狂奔起来。

我上气不接下气地想要拦住他："别，别跑了……那就是一只猴子！"

纪星哲却好像被吓傻了，完全听不到我说什么，连自己要跑到哪里都不清楚。

"你先冷静一下！"

我甩开他的手，一时没能保持平衡，脚步踉跄地往旁边走了几步。然而还没等我寻到平衡点，脚下陡然一空，眼前霎时被黑暗淹没，几乎在瞬间，

第七章 藏匿在阴谋下的真心

133

一股钻心的疼从手臂窜上了心头，让我忍不住叫出声。

"哎哟！"

"白雪，你……你有没有事啊？"

我忍着疼抬起头来，只见纪星哲趴在陷阱上方，急得像热锅上的蚂蚁，不住地碎碎念着："怎么办啊？该……该怎么救白雪才好？对了，绳子！可附近也没有绳子啊……"

"快，快去找人来。"我捂住伤口，咬着牙说，"他们应该没有走太远……"

"好好好！"纪星哲站了起来，"白雪，你一定要挺住！我马上就回来！"

看着他离开小小的洞口，我忍不住叹了口气："我怎么就这么倒霉啊……"

时间一分一秒地流逝，距离纪星哲离开已经过去一个小时了，我仰头看了看洞口，完全没有救援到来的迹象。也不知道纪星哲有没有找到他们，毕竟他像无头苍蝇一样跑着，完全没有方向感，就算让他找回去的路，也不一定找得到。

这个陷阱目测有三米高，估计是用来防那种大型动物靠近别墅的，没想到没防到它们，反倒把我抓了进去。不过，掉进这么危险的洞，我倒是没有受太重的伤，起码我的双腿和脊椎都没什么问题，就是掉落时右臂被尖锐的石子划伤，正向外渗血，使不出力气。

这都是今年第二起流血事故了，我怎么这么倒霉呢？

"咕噜……"

早饭还没吃，这么一折腾，我的肚子闹腾起来。

我费劲地从怀中掏出凌千影送的奶糖，剥开糖纸，丢到嘴里，浓郁的奶香霎时间占据了味蕾。大约是心情不好，我尝不出什么甜味，一声接一声地叹着气。

"唉……人生真是悲惨……"

第一场战斗还说三天呢！三个小时还不到就发生这样的意外，钟心心大概会不战而胜吧。本来只有三次机会，结果被我浪费了……我真的能守住这个女主角的位置吗？

一个人独处的时候，就很容易胡思乱想，尤其是现在这种情况，更是让人悲观。我甩甩头，决定不去考虑那些糟心的事情，掰着手指头细数着那些让人开心的事情："成臻很温柔，像哥哥一样总是温柔地开导我。纪星哲虽然邋遢笨拙了一点儿，但也挺可爱的。凌千影不但人长得漂亮，手还很巧，原一琦……对了，原一琦送我的花呢？"

我慌张地从背包里拿出那朵藏起来的玫瑰，大概是因为掉落的时候被压到了，花瓣勉强没有掉落，但整枝花已经不成形了，脆弱得好似随时都会被风吹散。

"他明明让我好好保管的。"我小心翼翼地抚着花瓣，垂头丧气，"完了，要挨骂了。"

我握着不成形的玫瑰花，抬头看向洞口上方蓝蓝的天空，那里依旧安静如初，好像这个世界只剩下我一个人，谁都不会来救我。像是为了迎合这个气氛，本是轻轻吹拂的微风忽然猛烈起来，"呼啦啦"地摇动着树干，仿佛

有人在窃窃私语，配合着远处寒鸦凄厉的啼叫，令人忍不住心生恐惧。

"原一琦，都怪你！要不是你，我会参加这个节目，受那么多没必要的伤吗？"我对着玫瑰花自言自语，有些哽咽，"你要负起责任，快点儿来救我啊……我好害怕。"

不知过了多久，一阵嘈杂的脚步声渐渐朝这边跑了过来，伴随着焦急的呼唤——

"优白雪！优白雪！"

"我在这里！"我激动地大声回应。

天啊！终于有人来救我了！

一阵阴影笼罩下来，我猛地抬起头，见原一琦逆着光站在洞口之上，就像天神派下凡间拯救我的天使。他那张英俊的脸上满是担忧："你怎么样？还能说话吗？认得我是谁吗？"

"原一琦。"我吸了吸鼻子，强忍住涌上眼眶的酸意。

原一琦，你终于来了。

成臻从原一琦的旁边冒出头来，他一边放下软梯，一边大声喊："白雪！你抓牢软梯，就能爬上来了。"

我看着从洞口徐徐放下来的软梯，试探地扯了扯，但右手怎么也用不上力，因为活动的缘故，伤口再次裂开，一阵阵钻心的疼。

成臻看我迟迟没有动静，不解地催促："怎么了？是软梯太短了吗？我再放下去一截。"

"不必了，我来。"原一琦看我一副很艰难的样子，干脆跳了下来，他身手敏捷地落在了软泥上，毫发无损。

他弯下腰，口中不饶人地说："笨蛋，受了伤也不知道说一声，偏要我下来接你。上来吧，我背你。"

"你……你背我？"我惊得磕磕巴巴起来。

原一琦背我？我在做梦吗？

"你就当作梦好了。"原一琦不由分说，稳稳地把我背起来，小心地调整着姿势，"滨崎岛那么多陷阱，就这个最深，你是第一个掉下来的小动物。"

"你才是动物呢！"我不满地贴着他的脖颈，别扭地问，"你……你怎么知道我受伤了？"

原一琦的发丝扫过我的鼻尖，他半真半假地说："我早上不是给了你一朵玫瑰吗？它告诉我的。"

"扑哧！"我忍不住笑出声来。

第一次，我发现原一琦的肩膀是这样宽阔，带给我十足的安全感，让我在不知不觉中平静下来。透过薄薄的衣料传来的是他炽热的体温，暖暖的，就像他出现在洞口，温柔地叫着我的名字时，从我内心涌出的暖流。在安心的同时，紧随而来的是压抑不住的心跳，"扑通扑通"的声音让我面红耳赤，不知道怎么办才好。

"好了吗？我开始爬了。"原一琦不放心地叮嘱我，"如果疼，要记得告诉我。"

"嗯……"

我胡乱地点着头，生怕被他发现自己越来越快的心跳，只能心虚地用斗嘴的方式来转移他的注意力："说起来，那枝玫瑰不小心被我压扁了，你会

第七章 藏匿在阴谋下的真心

不会怪我？"

"啊，那个……"原一琦不在意地说道，"骗你的！这你都信。"

"你这人怎么总骗我啊？"

"我喜欢呀。"

原一琦笑了笑，仿佛只是无心说出的一句话。我趴在他的后背上，鼻尖萦绕的是他衣服上的薄荷香。咫尺的距离，心中仿佛被蜜糖浇灌，令我忍不住偷偷笑了起来，只想把如今的时光无限延长。

眼前豁然开朗，我已经被他背出了陷阱，双脚踩在坚实的地面上，周围的人围了上来，询问我的状况。我有些心不在焉地应答着，偷偷看向站在人群外的原一琦，心中涌出几分遗憾。

这段时间要是能再长点儿该多好啊……

4

我的伤也就是看起来吓人，好在没有伤到骨头，消消毒，封个针，再贴个纱布，休养两天就会好。不过第一场战争就以我受伤弃权，钟心心的队伍满分作为结束，红队取得了胜利。

因为突发事件，我在别墅里休息了两天，节目组见我已经完全康复，决定开始"偶像保卫战"第二场战争的录制任务。

下午，阳光暖洋洋地照射在别墅附近的露天体育馆上，将赛道镀上一层稀薄的光。

导演满意地看着我们斗志昂扬的状态，说道："第二场战争很简单，拼的是运动神经！我们的女嘉宾要和偶像们比拼一百米跑，只要谁能赢过这群偶像获得第一，就算谁赢！"

话音刚落，钟心心不满地抗议："这未免也太不公平了！我们女生怎么可能比得过男生，而且一百米跑还要获得第一名？"

我对自己能不能获得第一其实也没什么底气，但我就是想和钟心心抬杠，不想让她太顺心，于是挑衅道："觉得比不过就弃权啊，没人逼你。"

"你……"钟心心愤慨地瞪向我，似乎想要说什么，但考虑到摄像机还在，只好愤愤不平地回应，"谁说我比不过了？你就等着认输吧。"

导演看钟心心妥协了，继续说："这次获胜的要求是第一名！在两位女嘉宾都没获得第一之前，比赛会一直循环，直到你们当中有谁获得第一为止！加油，为了女主角的位置而奋斗吧！"

我换上自己那身老土的运动服，站在观众席上做热身运动，第一场是钟心心和四个男生一起比赛。她穿着漂亮的天蓝色网球裙，看起来更像是加油助威的啦啦队。她凑到原一琦的旁边，说："阿琦，人家一点儿都不想跑，你背我好不好？"

原一琦像是没听见，看都不看她一眼，兀自活动着身体。

成臻微皱眉头，忍不住说："大小姐，我们这是比赛，请你认真点儿。"

"什么比赛！人家只想赢，不想跑啊。"钟心心嘟着嘴，"能背本公主是你们的荣幸，平常人连我的面都见不到呢。人家不喜欢这种流汗的运动，脏死了，你们几个可以选出一个人来背本公主，总之人家要当第一。"

本公主？

07

　　我站在一旁，快要笑死了。无论钟心心怎么撒娇耍横，原一琦他们都不为所动，比赛的枪声一响，钟心心还站在原地没动，其他人却不到十秒就结束了这场比赛。她目瞪口呆地看着这一幕，不满地直跺脚："你们，你们欺负人家！"

　　我无视钟心心的大吵大闹，镇定自若地站在赛道上，凌千影勾着我的肩膀，小声说："放心，等下我们会给你放水，这不是为了你，而是为了我们自己，你懂吧？"

　　根据规则，只要我或者钟心心赢过了所有男生，那这场比赛就不需要继续了。如果没能赢的话，就要重新比一次，直到有人能得到这个第一名……当然，如果我赢了的话，大家就都不用再跑了。

　　我刚点头，就听旁边的纪星哲捂着肚子"哎哟"一声倒在地上，对一旁的工作人员哀哀戚戚地说："啊，我肚子疼，比不了赛。我向优白雪认输，快把我送到医务室。快！"

　　大哥，你是大众偶像啊，这演技未免太浮夸了吧？

　　凌千影像是知道我在想什么一样，解释道："他的演技最不好，怕待会儿被观众看出来是故意输给你，所以先让他弃权了。"

　　我无语地看看天空……这种作弊还真是很熟练啊。

　　有他们放水，第二场战争是什么结果，自然不用多说。不得不说，他们的演技确实很好，明明没有使出多少力气，但表面上个个都是拼了老命的样子。

　　裁判一脸茫然地看着成绩表，大概怎么也想不明白，为什么第二场男生们明明都那么努力，结果却比第一场要差。

导演宣布了我的胜利，等比赛完，补拍了几个镜头之后，也已经到了落日西沉的时候。向来神出鬼没的原茗雅出现，宣布最关键的一场，也就是第三场战争将在明天进行拍摄。

宣告完毕，所有人都准备离开这里，然而我还没走两步，钟心心就挡在了我的面前，把一张字条塞给我，面色不善地说："晚饭后你按照这上面的地址一个人过来，我有关于原一琦的事要和你单独说，对了，记得把字条也带来。"

"你要干吗？"我狐疑地看着她，"我和你没那么熟吧？"

钟心心却不多解释，瞪大眼睛白了我一眼，扔下一句"让你过来你就过来"之后，扬长而去。

奇怪，好端端的约我做什么？

不过她说的是原一琦……我还真有点儿好奇，怎么办？

吃过晚饭，我将信将疑地按照字条上写着的地址，拿着手电筒向雨林深处走去。钟心心约我去几天前举行野外生存的地方，虽然总觉得哪里不对劲，但我要是不去，就好像是怕了她，过不去心里那道坎。思前想后，我还是决定赴约，反正我的力气大，她那细胳膊细腿的，应该也没办法把我怎么样。

被黑暗笼罩着的雨林添上了几分诡异的气息，那些清晨看来再寻常不过的树木，在月光下，就像是隐藏着爪牙的怪物，时不时响起的鸟鸣，更为这恐怖的气氛增添了几分怪诞。

我大着胆子走了一阵，终于看到了站在月光下的钟心心。她没有穿平时爱穿的粉嫩超短裙，而是换上了栗色的运动衫，脸被掩在黑暗之中，随着月

光忽隐忽现。

我站在离她五步远的地方，警惕地问："你有什么事情现在说吧。"

"你怕什么？我又不会吃了你。"钟心心瞟了我一眼，朝我伸过手，"我给你的字条呢？"

我从口袋里掏出字条，就被她一把抢了过去，她慢悠悠地向前走："想知道就跟过来。"

我摸不透她葫芦里卖的是什么药，犹豫了一下，想着来都来了，只好跟在她的后面："要说就快点儿说，我没那么多时间在这里跟你耗。"

"你放心，我也没时间。"钟心心走在前面，头也不回地说。

我也懒得去想太深，拿起手电筒朝旁边看过去。虽然雨林大多都是一个模样，但这个地方让人觉得眼熟。

"这不是我那天掉坑里的地方吗？"

"啊！"

话音刚落，就听到一声震耳欲聋的尖叫。我吓得哆嗦了一下，赶忙向前看去，发现钟心心消失得无影无踪。我心中顿时有种不祥的预感，手电筒向地面照去，果然看到钟心心跌坐在我之前掉落的陷阱之中，正"哎哟哎哟"地叫唤着。

这是怎么回事？把我带来了，人却掉进去了？

钟心心仰头看我，尖声喊道："你愣着干什么？快去叫人来救我啊！"

我对这个发展心存疑惑，但情况容不得我多想，只能先朝别墅的方向跑过去，想要找几个人来救她。

还没等我跑到别墅，就在路上碰到了原一琦和一群人正朝雨林的方向匆忙跑来，见到我，赶紧问道："我们听到尖叫声，发生什么事了？"

我上气不接下气地说："钟……钟心心，掉，掉那个陷阱里了。"

原一琦纳闷地问："钟心心？她大半夜的怎么会掉到那里面？"

我摆摆手，说道："我……我也不知道，总之先救人吧。"

成臻带着几个人率先往陷阱的方向赶去，我和原一琦紧跟在后。等我们到达陷阱附近时，钟心心已经从软梯上爬了上来，惊魂不定地坐在地上哽咽着，不住地说："吓死我了，真的吓死我了！"

我问成臻："她没事吧？"

成臻摇摇头："没什么事，就是吓到了。"

就在我放下心来的时候，钟心心突然抬起头来怒视着我，歇斯底里地向我扑了过来："优白雪，你这个恶毒的女生，把我推进这里面，是想杀了我吗？没想到为了守住女主角的位置，你居然连这种事情都做！"

我下意识地躲到一边，让她扑了个空，皱起眉头说道："钟心心，你讲讲道理好吗？明明是你自己掉下去的，我还特地找人来救你。"

钟心心咬牙切齿地说："我不需要你假好心！你特地把我约出来，说是有事要告诉我，结果却把我推到陷阱里！现在你却说是自己主动来救我，是想要在观众面前博好感吗？"

谁约你了！明明是你约的我好吗！

"你这个人，怎么满嘴没一句真话……"

刹那间，我明白了这就是钟心心约我来这里的目的，包括掉到陷阱里，也都是她提前计划好、想要污蔑我的借口。毕竟周围黑灯瞎火，又没有什么人能够证明，就连写着地址的那张字条都被她提前要走了，此时此刻我根本

没办法证明自己的清白。

太荒唐了吧？

"如果不是你要陷害我，你这个时候来这里干吗？"钟心心咄咄逼人地质问。

一下子，所有人的目光都像是探照灯一样，汇聚到了我身上。我百口莫辩，只能徒劳地挣扎着，说道："我……我真的没做这种事，你们要相信我。"

"够了！"原一琦蹙起眉头，朝钟心心看去，"你……"

"白雪不可能在这个时间约你。"

他正要说什么，突然，一个低沉的男声响起，打断了原一琦的话，原本一直默不吭声的成臻一把拉过我，斩钉截铁地说："她之所以这个时候出现在这里，是因为今天晚上七点三十分，我和她打算在这里约会。"

第八章

独属于我的公主王冠

08

1

"什么？优白雪和成臻约会？"

"难道说他们两个假戏真做了？"

"我还支持优白雪和原一琦这对欢喜冤家呢！不会吧……到底谁才是她的真命天子啊？"

……

成臻那句掷地有声的话令周围的工作人员一片哗然。他们窃窃私语，就像是无数只苍蝇一样，吵得我的脑子一片空白。这一刻，我虽然是女主角，却完全不明白他在说什么，比在场的所有人都茫然。

钟心心坐在一旁的石头上，情绪激动地叫嚷着："你胡说！成臻，你根本就是想为优白雪开脱！如果你提前约她在这里见面，那证据呢？你敢不敢把证据拿出来？"

面对钟心心的质疑，成臻表现得十分冷静，他拿下架在鼻梁上的眼镜，目光透出几分锐利，直直地盯着钟心心，冷笑一声："这是我和白雪两个人之间的秘密约定，我凭什么告诉别人？但你呢？有人能证明是白雪主动约你，然后把你推下了陷阱的吗？你的证据呢？"

钟心心移开视线，底气不足地反驳："你……你是什么意思？难道你觉得是我故意跳下去，然后污蔑优白雪吗？想象力这么丰富，你怎么不去写小

146

说？"

她瞟了我一眼，高昂着下巴，趾高气扬地说道："真可笑！优白雪这个丫头，从外貌到人气，哪里比得上我？'偶像保卫战'的赢家注定是我，我会陷害她吗？简直是浪费时间！"

我的心里燃起熊熊怒火，忍不住开口道："你这家伙……"

然而成臻却拦住了我，冷冷地反驳钟心心："'偶像保卫战'还没结束，你们的胜负没人说得准。我劝你不要把事情闹大，否则这段视频传到网上，对你的影响更大！钟小姐，好自为之吧。"

钟心心瞪大了双眼，满脸不敢相信："成臻，你为了袒护优白雪，在威胁我？"

成臻看都不看她一眼，拉住我的手，低声对我说："走吧。"

我下意识地转过头，正好看见纪星哲和凌千影还有原一琦站在一起，呆呆地看着我。纪星哲满脸震惊，嘴巴张成大大的圆形，而凌千影则一脸受伤地看着我出神。最令我在意的要数原一琦了，只见他站在不远处，微蹙着眉头，眼里翻涌着说不清道不明的情绪。不知道怎么回事，一想到他会误会我和成臻的关系，我的心里就不由得堵得慌。

我张了张嘴巴，着急地想向原一琦解释："我和成臻没有……"

没有约会！更没有和他约在这个小树林里！

然而成臻握着我的那只手却微微用了些力气，语气平淡地提醒着我："周围的人都在听。"

我回头，看着围观群众八卦的眼神，还有钟心心那气急败坏的神态，抿抿嘴，将那句解释的话硬生生地憋了回去。

这个时候，成臻肯出来为我做伪证已经很够义气了，要是我拆他的台，

不仅自己跳不出钟心心设计的圈套，还会把他拉下水。

原一琦那么聪明，应该能猜出来成臻是为了帮我解围才这么说的吧？但……万一呢？万一他误解了我们两个人的关系该怎么办？还有钟心心这件事，原一琦究竟是信我还是信她？在成臻说我们约会之前，原一琦好像打算说些什么……

"白雪，这里应该没什么人了，我们可以……白雪？白雪！"

我回过神来，下意识地看向四周，才发现成臻已经带着我走到了别墅附近。他刻意避开了人群，这里只有我们两个人，远处别墅外的灯光犹如星辰闪烁，若隐若现，带来几分夜的气息。

"想什么呢？这么入神。"成臻眼神探究地看着我。

"没……没什么。"我挠了挠后脑勺，注意到自己的手还被成臻紧紧握住，轻咳一声，尴尬地提醒，"周围没人了……"

成臻连忙松了手，向我道歉："刚才有点儿紧张，我忘记了，对不起。"

"没事的！"我摆摆手，"如果不是你，估计我现在就被钟心心害惨了！谢谢你能相信我、袒护我……不过，你为什么说我们在约会啊？"

成臻直视着我的双眼，真诚地说："当时情况危急，我也没多想，只是想找个最简单的方式来帮你摆脱麻烦，所以……希望你不要介意，我是真心想帮你的，实在抱歉。"

他本来就是为了我才说谎的，虽然心里有点儿别扭，但我要是再挑三拣四，简直太不像话了。我连忙开口："不不不，我知道你是为了我，是我该感谢你才对。"

话音刚落，我身后的草丛发出一阵窸窸窣窣的奇怪声响，就好像有什么东西在靠近，我不由得嘀咕了一句："雨林里的小动物在晚上都这么活跃吗？"

成臻正对着草丛，瞥了一眼，不知道为什么微笑起来："能在夜晚的雨林中活跃，一般都是大型动物。"

我狐疑地想要转过头看看，忽然，一股温暖的力量落到了我的肩膀上。成臻忽然凑近我的脸，说："白雪……其实我之前说是在和你约会，是有私心的。"

私心？

我被吸引了注意力，茫然地看着他，听他继续往下说。

"从第一次见面开始，我就觉得你很有趣。"成臻的双眸不像原一琦那样幽深不见底，当他微笑时，便盛满了暖意，"后来我发现你活泼、乐观、不爱服输……不知道从什么时候开始，你一笑，我也想跟着笑；你难过的时候，我绞尽脑汁想要让你变得开心起来……"

成臻的手掌轻握住我的指尖，暖暖的，就像他一直带给我的感觉。他的声音轻缓，就像初春潺潺流动的小溪，在轻描淡写间流入了我的心房："我觉得我在被你吸引着，对你有了好感，而且越来越深。"

我愣在了原地，傻傻地看着他那清秀又不失英气的脸庞，一时找不到自己的声音。

成臻刚刚说了什么？对我有了好感？我没听错吧？

2

我颤巍巍地举起手，伸出食指指向自己："你说的是我？"

　　"没错。"成臻眼含笑意地点了点头，"是你。"

　　我下意识地把手从他的掌心中抽了出来，藏在背后，有些不知所措："我没考虑过这种事……太突然了……"

　　"没关系。"成臻像是早就预料到了这种状况，温柔地回应着，"时间还很长，我不着急，喜欢你是我单方面的事，你不需要有压力，我说出来也只是想让你认真考虑一下我而已。"

　　他的目光不知落向了哪里，声音忽然高了八度，像是故意说给别人听的："白雪，不管你喜欢谁，都不能阻止我的心意。"

　　我心乱如麻，没有余力去注意成臻的小动作。

　　"我……我知道了，天这么黑了，我也该回去了！不管怎么说，今天真的非常感谢你……晚安。"

　　我勉强扯出一个笑容，向他僵硬地挥了挥手，逃也似的跑向了别墅。

　　不行，今天发生的事情实在太多，我的心脏都要受不了了。前一秒还是被人诬陷的苦情戏，怎么突然就有人告白了？

　　我回到自己的房间，在浴室里一边泡着澡，一边回想着晚上发生的事情，不知不觉竟然在水中待了两个小时，才迷迷糊糊地从浴缸中爬出来。我用毛巾擦干头发，倒在松软的大床上，盯着雪白的天花板，两眼放空。

　　"成臻说喜欢我……"

　　我自言自语着，丝毫没有羞涩的感觉，反而觉得很沉重。

　　我百思不得其解，明明被人告白该是件开心的事情，而且还是被像成臻这样温柔俊朗的大帅哥告白，可我为什么一点儿喜悦都感受不到呢？

　　"其实还是因为不喜欢他吧……"我叹了口气。

说起来，参加《偶像驾到》的几位成员中，成臻对我来说就像邻家大哥哥一样，虽然令人感觉安心，但我对他没有任何特殊的感觉。凌千影就更别提了，他长相偏阴柔，和我也聊得来，所以我一直把他当闺密来看。至于纪星哲，他简直就是个大麻烦，不过撒起娇来还是很可爱的。

最后就剩原一琦了。

我鬼使神差般拿起手机，回放起之前我和原一琦在烟火大会上跳华尔兹的视频。原一琦专心又认真地注视着我，烟火映在他的双眸中，就像是为我一人独自盛放。

如果是原一琦向我告白的话……光是想到这个念头，我的心脏就越跳越快，连我自己都没办法控制。

为什么呢？明明一开始他总是惹我生气，但不知道从什么时候，原一琦的一举一动都勾着我的心——偶尔的温柔会让我暖心，小小的恶作剧让我在埋怨他时带着不易察觉的欢快，而当他认真专注地看着我的时候，我的心跳会漏半拍。

我逃避成臻的告白，是因为喜欢原一琦吗？

"原来我喜欢的是你啊……"我坐在床上，看着视频里揽着我的腰的原一琦，"其实你这个人也不算太差，虽然毒舌又自大了点儿，但看在之前你特地从陷阱里把我背出来的分上，我就大发慈悲地喜欢你吧。"

因为前几期节目的大热，我和原一琦相处的视频剪辑都被粉丝们单独做了出来。我不厌其烦，一遍一遍地看着，直到手机发烫，发出"嘀嘀"的声音提示电量已经撑不住了，我这才回过神来。

啊！怎么办？

自从发现自己喜欢上原一琦，我好像已经中毒了！

08

第八章 独属于我的公主王冠

胡思乱想的结果就是我顶着"熊猫眼"，没精打采地出现在了拍摄现场。

这次的拍摄地点就在别墅里的花园附近，主要是拍"偶像保卫战"第三场战争的开场，至于我和钟心心的正式比拼，是在晚上。

秋高气爽，带着初秋的微凉。几片薄云挡住了太阳，我打了个哈欠，等待着摄像组将机位摆好，漫不经心地听着周围人的窃窃私语。

"听说昨天晚上钟心心被优白雪推进陷阱了。"

"别乱讲！我当时就在现场，成臻都出来辟谣了！"

"对对对，我可是错过了大八卦啊！据说成臻和优白雪在约会，这是真的吗？"

……

节目组的工作人员也很八卦啊，不过我昨天上网查过，这件事并没有流传到网上，看来是钟心心知道理亏收了手，又或者是节目组怕事情闹大，把这件事压了下来。

总之，我虽然因为钟心心的诬陷非常恼火，但这件事也没给我造成什么实际上的伤害，所以还是先放她一马吧。

今天纪星哲竟然罕见地最后一个到达拍摄现场，他气喘吁吁地跑过来，见节目还没有正式开拍，立马松了一口气，走到我身边："吓死我了！我还以为要迟到了。万一真迟到，会被媒体说耍大牌的。"

我瞧了他一眼，好奇地问："真稀奇，你怎么这个时候才来？"

"不告诉你，你等一下就知道了。"纪星哲神神秘秘地说着，生怕我要追问，忙转移了话题，指着我的眼眶问，"白雪，你怎么有黑眼圈了？是昨天晚上没睡好吗？"

不是没睡好，而是想着原一琦，根本没睡着。

我偷偷看了一眼不远处坐在折椅上、不知在想些什么的原一琦，脸颊不争气地红了起来，慌慌张张地转过视线，敷衍地回应道："也没什么事，熬了夜。"

纪星哲纳闷地看着我，嘟囔道："奇怪，好端端的怎么忽然就脸红了？"

等了一会儿，节目组终于做好了前期准备，宣布正式开拍。"偶像保卫战"的最后一场战争很有意思，主题叫"公主王冠"，让我和钟心心一起在傍晚的舞会上亮相，比一比谁才是偶像们心目中最有公主风范的那一位。

导演大叔向我们宣布规则："钟心心和优白雪两位听好了！从现在到晚上的舞会还有十个小时的准备时间，到时候无论你们准备得怎么样，都要出场！因为前两场战争你们各有胜负，所以这一次是非常关键的！我们会通过几位偶像的承认和网络投票的票数来决定谁是女主角！票数最高的那个人，就能继续参加《偶像驾到》的拍摄。"

等等……网络投票？

我顿时郁闷了，对了，差点儿忘了这回事，我和钟心心最后还要通过网络人气来决定谁是女主角。

3

之后节目组又拍了几个镜头。直到宣布解散，我还茫然地杵在原地，不知道该做什么，才能让我一瞬间拥有让人认可的"公主风范"。

钟心心踏着优雅的步伐，挑起眉毛："优白雪，昨天的事我大人有大

08

第八章 独属于我的公主王冠

量，不和你计较。不过今天的比赛，我劝你还是早点儿认输比较好，毕竟拼颜值你是拼不过我的，更别说网络人气了！"

到底谁该和谁计较啊？老老实实待着不好吗，为什么总是要来挑衅我？

我握紧拳头，刚想反驳她，一只手搭上了我的肩膀，一个熟悉的声音毫不退让地说："昨晚我就说过，你和白雪之间的胜负还是未知，钟小姐，你不要高兴得太早。"

"我们白雪才是最美的女生，拼颜值？你有她那样漂亮的马甲线吗？"

"就是！你怎么总围着白雪转来转去的？烦都烦死了。"

我转过头去，只见成臻、凌千影和纪星哲正站在我身后，你一言我一语地维护着我。我不死心地向附近张望，并没有看到原一琦的影子，心中不由得有些失落。

"你们三个！"钟心心咬了咬牙，却忍了下来，冷冷地说，"等着瞧吧！我会让你们后悔说出这种话的。"

丢下这句狠话，她头也不回地离开了这里。

我目送钟心心离开，转过头问道："你们怎么来了？不是已经解散了吗？"

"我们来这里，当然是为了帮助迷路的公主去参加属于她的盛大舞会啊。"

纪星哲露出一个迷人的笑容，他拍了拍手。候在一旁的管家会意，走了过来，手中托着一个精美的粉色大礼盒，纪星哲邀功般介绍道："这可是我一大早特地给赞助商打电话，从他们那里借来的全球限量款礼服，这世界上只有三件！你看，漂亮吧？"

他打开礼盒，映入我眼帘的是一件华美的纱羽长裙，米白色纱羽温和柔美，从前襟到裙摆都有一排复古的宝石纽扣，胸前绣着细密别致的花纹，裙摆上有一簇簇美丽的铃兰花刺绣。单从这些巧夺天工的针线来看，就知道这件礼服价值不菲。

我小心翼翼地碰了碰柔软的面料："这……这也太贵重了吧……"

纪星哲将礼服交给我："贵倒是无所谓，最重要的是它很适合你。去试试看吧，相信我的眼光不会出错。"

我托着礼服，正不知所措，凌千影抓住我的肩膀，把我往别墅里推："好了！既然礼服准备好了，就该是我大展身手的时候了。白雪，我们先回房间，等你换上衣服之后，我会好好帮你化个妆，尤其要把你这个黑眼圈遮掉！"

成臻没有随着我们上楼，而是笑着对我说："我在正厅等你，记得下来。"

我没来得及说什么，就被凌千影推进浴室，要我先把礼服换上。

我照着镜子，低头看了看手中的那件限量款礼服，踌躇着不敢穿。

我真的能赢过钟心心吗？这次可是网络投票啊。

不行，优白雪，不能气馁！大家都在尽力地帮助我，想要让我继续留在《偶像驾到》，纪星哲还特地从赞助商那里借来这么贵重的礼服，无论结果如何，总要拼一拼才行，最起码不能让自己后悔！

下定决心后，我利落地换上了礼服。

不得不说，纪星哲的眼光真的很棒，一字领的衣领，露出我的锁骨，礼服的裙摆绣着花团锦簇，蒙了一层薄纱，就像是雾里看花，虚渺梦幻，若是手中再拿着一束捧花，简直就像新娘了。

我打开浴室的门，磨磨蹭蹭地走了出来："怎……怎么样？"

　　凌千影双眸发亮，惊喜地看着我，连连点头："太棒了，白雪！我还以为是哪国的公主出现了呢！"

　　被他这样夸奖，我不好意思地红了脸："就会哄人。"

　　"我说的都是真的。"凌千影拉住我的手，把我带到梳妆镜前，笑眯眯地说，"白雪，还记得第一次当我的模特时，我对你说了什么吗？只要你相信我，也相信你自己，我就一定不会辜负你的期望。"

　　他用手蒙住我的双眼，轻声细语："接下来就是魔力生效的时间了，不过这次你可不能再在化妆的途中睡着了。"

　　我忍不住笑了起来，紧张感一扫而光："知道啦！"

　　等待的感觉很奇妙，这次我没有像之前那样昏昏欲睡，反而因为期待，心情无比激动。

　　我闭着眼睛，细密而柔软的小刷子时不时拂过我的脸颊。不知道过了多久，凌千影那富有感染力的声音在我耳边响起："好了，睁开眼吧。"

　　我睁开眼睛，看着镜中的自己。

　　这个美少女真的是我吗？

　　长长的头发被镶着粉钻的发卡固定在脑后，微卷的发丝随着我的动作轻轻摇摆，脸上透出健康的红润，嘴唇犹如蜜桃般粉嫩。最引人注目的就要数眼睛了，灵动中带着一丝坚毅，仿佛公主般有气势，端庄之中带着几分俏皮。

　　凌千影侧过头，笑意盈盈地问道："满意吗，亲爱的公主殿下？"

　　我张了张嘴，过了好半天才找回自己的声音："千影……我，我都要认不出自己了。"

　　凌千影开心地笑了起来，抬头看了一眼时钟："哎呀！都到这个时间了，成臻该等急了吧！我的任务完成了，公主殿下，你现在只要在四个小时内学会探戈的舞步，今天的胜者就一定会是你。"

他握着我的双手，认真地说："加油，优白雪。"

4

等我从凌千影的房间出来，已经下午三点了，距离舞会正式开始还有四个小时，成臻早就换上了一身纯白的礼服，宛若优雅的贵族王子。他坐在正厅的沙发上耐心地等待着，听到脚步声，抬起头来，不由得怔住了，双眼一眨不眨地盯着我，久久没有说话。

我不由得低头看了看自己的装束，惴惴不安地问："我有哪里不对劲吗？"

成臻反应过来，连忙将视线从我身上移开："没有，白雪，你今天很好看。"

他的耳朵微微泛红，让我想起昨天晚上雨林中的告白，顿时心里一惊。

我连忙尴尬地转移话题："那个……千影说，你负责教我舞步，事先声明，我可是个笨学生，四个小时大概很难学会。"

成臻忍不住笑了："放心，你就交给我吧！上次你在烟火大会上跳的华尔兹不是挺不错的吗？并没有你说的那么笨。"

烟火大会那次根本就是奇迹，天知道我怎么就会跳华尔兹了。

成臻从沙发上站起来，慢慢地走到我的面前，语气温和地邀请："美丽的小姐，我可以请你跳支舞吗？"

我轻轻地搭上他的手，他拉住我，往别墅宽敞的正厅走去。富有年代感

的黑胶唱片被小心地放在了留声机上，明快的舞曲奏响，他一只手环住我的腰，展示着华丽的探戈舞步。

明明应该集中注意力，我却不知道为什么总是走神……原一琦这家伙，录完上午的片段就不见人影，他是怎么想的呢？难道昨天他相信了钟心心，所以才不屑和我待在一起？

"唉……"

我的心中隐隐泛起了失落，不由得长叹了一口气。

成臻讲解的声音停了下来，耐心地问我："太难学了吗？我再给你展示一次。"

他是全心全意想要教会我，我不敢再分神辜负他的好意，努力将原一琦抛到脑后，全神贯注地学起那些复杂的舞步，准备着晚上的战争。

四个小时转瞬而过，我还没有感觉到时间的流逝，夜晚已经来了。

为了节目的效果，成臻他们作为偶像，是不能和我一起进入舞会会场的。告别他们之后，我只能独自一人来到礼堂，那里是"公主王冠"的录制地点。

按照节目组的要求，偶像们作为评委，是第一个入场的，我和钟心心则最后才到。童话般的别墅里，礼堂充满了西欧古典浪漫气息，透过高高的透明穹顶，可以看到灿烂的星辰，每一扇窗户都是巨大斑斓的玻璃画。

我等候在门外，伸长了脖子往里面看了一眼，无数水晶灯高高悬挂着，映照得整个礼堂仿如白昼。大厅正中央的地面上，镶嵌着绚烂的彩色琉璃，折射出耀眼的流光，那里就是今夜的舞池。

"成臻出场了，音响师准备好！"

"凌千影那边要打追光！追光！"

"纪星哲走偏了，提醒一下。"

……

我正百无聊赖地听着工作人员的忙碌声，忽然对讲机里传来导演大叔慌张的声音："原一琦呢？原一琦去哪里了？"

我怔了一下，下意识地问："原一琦没上场吗？"

"是啊！优白雪，你见过他吗？"工作人员看我摇头，赶紧朝对讲机低吼，"原一琦不见了，大家快去找！一定要在优白雪进场之前找到他！钟心心那边就让她先上场，尽量多拖一会儿，能拖多久拖多久！"

我的心也跟着提到了嗓子眼，正想提议我也去找找看，忽然，一个熟悉的男声在我耳边响起："不用找了，我来了。"

我转过头，只见原一琦穿着高雅的黑色礼服，静静地站在我身后。月光洒在他的肩膀上，泛起一层柔柔的银光，他的眸中隐匿着不易被人察觉的温柔，就像月之使者从天而降，清冷圣洁又不失纯粹。

"原一琦……"

一时间，我屏住了呼吸，只能呆呆地看着他朝我走来。

他的手中拿着一顶华美珍贵的王冠，王冠上镶嵌着十几颗碧蓝的宝石，闪烁着神秘的光，银色的冠沿仿若皎洁的月光，美得让人窒息。

原一琦一步步走到我身边，我仰起头看着他的眼睛，忽然觉得喉咙有些干，问他："你不是该入场了吗？怎么还在这里？"

"为你而来。"原一琦微微勾起唇角，将王冠轻轻地戴在我的头上，在我耳边悄悄说，"送给你，这是只属于你的'公主王冠'。"

他拉住我的手，对一旁的工作人员宣布："我会和她一起入场。"

"这样有点儿……"工作人员试图阻止，但被原一琦的气场所迫，畏缩

地退了两步，小心地说，"我知道了，我会向导演汇报的。"

说完这句，原一琦低头看向我，英俊的面容上满是专注："准备好了吗，我的公主？"

一瞬间，我把成臻、纪星哲、凌千影都抛到了脑后，呆呆地点点头，任凭他拉住我的手，打开那扇通往光明的大门。

5

本来我不擅长应对被这么多人瞩目的场面，但只要原一琦在我的眼前，我就完全注意不到别人，眼里、心里满满的都是他，就像书里说的那句话一样——恋爱使人昏头昏脑。

舞池随着灯光微微闪烁，仿佛流水带着细密的波纹。舞池之中，只有我和原一琦两个人，随着音乐舞动，就像两只蝴蝶在波光粼粼的彩虹湖上飞舞，你退我进，配合得默契十足。

到了探戈舞曲的中段，亮如白昼的水晶灯忽然一排排熄灭，场景顿时暗了下来，独留两道光落在我和原一琦的身上，跟随着我们的脚步，仿佛是天上升起了独属于我们的明月。脚下的琉璃变了颜色，从七色彩虹变为幻境般的银白，就像雪之王国的湖泊，坚硬而又透彻，映出明月圣洁而又柔和的姿态。

"天啊，太美了！我还是第一次看到这么美的舞蹈！"

"哇，两个人真的好般配啊！就像童话里的王子和公主一样，简直完美！"

"快快快！看到没有？原一琦刚刚看优白雪的眼神，完完全全是甜蜜啊！腻死人了！我开始喜欢上这一对了！"

……

热情的西班牙舞曲中时不时夹杂着工作人员兴奋的叫声，原一琦随着舞曲变换着脚步，似乎不经意地轻声问："你跳得比上次好多了，是成臻教的吗？"

"你都不见人影，当然是他教我。"我撇了撇嘴，"人家可比你细心多了，是个好老师。"

原一琦微微挑眉，微卷的额发垂落在他的眼尾旁，似笑非笑，洒脱不羁："我可不想在你的心里留下个好老师的印象，不过你对他的印象就一直停在这里吧。"

我有些茫然："什么意思？"

"等比赛结束，我就告诉你。"

话音刚落，到了最后的结束动作，他搂着我的腰，在舞池上轻轻一旋。我不由自主地趴在他的怀中，安静地与他对视，就像被他那双有魔力的眼睛勾住了魂魄，怎么也移不开视线。他的表情很平静，但目光深处带着浓浓的宠溺，好像把我装进了他的心中。

周围响起闪光灯"咔嚓咔嚓"的声音，原一琦不为所动，就着这个姿势，声音低哑地对我说："忘记说了，你今天真的很美。"

我的心像是点燃了一朵巨大的烟花，随着他的那句话咻地窜上了天空，怦然炸开，几乎是一瞬间，我的脸颊就热了起来。

"又……又取笑我！"我推开他，想要离开舞池，却被他拉住了手，将我往长桌带去。

原一琦递过一杯鲜橙汁，朝我扬扬下巴示意："钟心心就要上场了。"

"她上场就上场嘛，我一点儿都不感兴趣。"我接过果汁，嘴硬地回了一句。

冰凉的杯子贴在脸颊上，稍稍驱散了萦绕不去的热度。我悄悄地看向钟心心，却发现她怨恨地盯着我，目光仿佛匕首一般，尖锐而又危险。

我趁着摄像机拍不到，淘气地对她做了个鬼脸当作反击，便转过头来，不再看她。

成臻他们凑了过来，像是早就知道了原一琦的计划，没提舞池上的事，而是和我们围在一起嬉笑地闲聊，等待着节目的继续。

短暂的混乱之后，节目组很快就放起了第二首舞曲。钟心心因为早上的争吵，看到大家都站在我这边，也没有费心去找成臻他们，而是拉来了一位专业舞蹈演员，随着乐曲在舞池舞动。

她穿着一身绯色的礼服，有别于平时可爱纯真的模样，张扬而又热情，钻石打造的耳坠像弯月般挂在她饱满的耳垂上，随着她的舞动熠熠生辉。然而她的表现却和华丽明快的探戈完全不符，带着显而易见的急躁。

钟心心像是怕被什么追赶上一般，舞曲不到一半，她的节拍就开始出现问题，频频踩中男伴的脚，却焦躁地找不回节奏，只有最后那个华丽的旋转，她才总算找回了节奏，完美地完成了。

"钟心心是怎么回事啊？舞蹈不是她擅长的吗？"

"难道是看到了优白雪的表现，所以压力太大了？"

"她这样完全比不过优白雪啊，我看八成要输。"

……

听到周围人的窃窃私语，原一琦看着钟心心丢下舞伴，负气离开舞池的模样，冷静地评价："看来我们之前的配合让她产生了非常大的压力，太过急躁才会这样。"

我这个外行人也能看出钟心心的失常，不由得轻声问："那我的胜算是不是大了一些啊？"

一旁的凌千影笑了起来，揉了揉我的头发，俏皮地说："我押你会赢，不如我们赌一赌？"

成臻观察着场内的情况，推了推眼镜，提醒道："好了，先别闹，似乎票数统计出来了。"

虽然原一琦的意外举动发生了波折，但对于节目来说开了个好头，这次舞会全程都在网络上直播，由观看的群众投票，每人限定只能投一票，而且还要认真写评论。

很快，投票的结果出来了，导演大叔拿着统计好的数据，慢悠悠地宣布："这次舞会的网络投票结果已经产生，现在我来宣布两位女嘉宾的票数，钟心心，网友投票两千三百万，优白雪……"

我屏住了呼吸，身旁的人也紧张地握住了我的手。

大叔故意停了下来，看了看我，高声宣布："五千八百万！根据统计，让收视率飙到顶端的是开场舞结束的那一幕深情对视。在此我宣布，优白雪获胜，守住了女主角的宝座！"

五千八百万？我刚刚是不是幻听了，我居然比钟心心多这么多？

我兴奋地抓住原一琦的手："原一琦，我赢了！我赢了！"

他宠溺地看着我，脸上浮起一抹笑容："我都出卖色相了，还留不住你，那也太对不起我这张脸了吧。"

我刚想和他斗嘴，就听钟心心不敢相信地大叫起来："不可能，这绝对不可能！我怎么可能会输给优白雪？这绝对是假的！"

"接受现实吧！"我转过身，扬眉吐气地说，"你就是输给了我。"

啊！原来真的有奇迹，只要不放弃，就能获得属于自己的荣耀！

钟心心嘴唇微颤，咬牙切齿地瞪着我，眼眶发红："优白雪，你别得意。"

说完，她一把推开旁边的人，气急败坏地离开礼堂，还不忘对我嚷道："我不会放过你的！"

我对着钟心心狼狈的背影做了个鬼脸，不屑地嘟囔道："你的任务都结束了，还能把我怎么样啊？"

第九章
你是落在我手中的星

09

1

"优白雪，恭喜恭喜！你能继续留在这个节目，简直太好了！"

"对啊！刚刚你和原一琦跳舞的那个场面真是太好看了！"

"对了，原一琦呢？他怎么不见了？"

……

"偶像保卫战"任务圆满成功，为这次滨崎岛之旅画上了一个完美的句号。自由活动时间到了，我一边接受大家对我的祝贺，一边东张西望，想找到那个熟悉的身影。

奇怪……就那么一会儿，原一琦究竟跑哪里去了？

现在是晚上十点，他该不会一声不吭就回房休息了吧？我还想好好向他道谢呢！

说得口干舌燥，我终于送走了那群工作人员，累得往沙发上一坐，揉了揉太阳穴，忍不住小声嘟囔："骗子，还说舞会结束后告诉我呢！结果自己先溜了。"

"你说谁是骗子？"

听到身后有个声音和我搭话，我下意识地回应："不就是那个原……咦？原一琦？你不是离开了吗，怎么又回来了？"

"冥冥之中，我觉得你会在我身上贴上'骗子'的标签，所以赶紧跑了回来。"原一琦仍旧穿着那件优雅得体的黑色礼服，双目微弯，含着几分笑意，慢条斯理地说，"幸亏赶上了，否则我的英名就毁于一旦了。"

我忍着笑，和原一琦抬杠。

"你就是个大骗子，哪还有什么英名！"

"这是诬陷！"原一琦装腔作势地摸了摸光洁的下巴，像小孩子在恶作剧一样，忽然一把拉住我的手，趁别人不注意的时候向侧门走去，悄悄对我说，"嘘……安静，别被人发现了。"

手指相互触碰的热度顿时让我回想起舞会定格的那一幕，心脏不由得怦怦地跳起来。我微微颤着手指，用指尖碰了一下他的手背，又因为怕他发现，做贼心虚地收了回来，结结巴巴地问："什……什么事啊？你要带我去哪里？"

原一琦抿起唇，像是在偷笑，可是从我的角度只能看到他微微勾起的唇角。他的手指从我的指缝中穿过，以十指相扣的姿势牢牢地牵着我的手，若无其事地说："到了你就知道了。反正不会带你走出滨崎岛，你就安心吧。"

我一只手捂住嘴，两只眼睛死死地盯着我们交握着的双手，心里的慌张和惊喜混杂在一起……

冷静！优白雪，之前他连脸颊吻这种出格的事情都做过了，牵手对他来说就像家常便饭一样轻松，都是没什么意义的举动！

千万不要胡思乱想……虽然你喜欢原一琦，但是他对你没意思，这样下去，伤心的只会是你自己。

　　"你在想什么呢？"原一琦转过头来看着我，"从礼堂出来之后，你的表情就变来变去的，特别精彩，你是不是一个人在心里偷偷嘀咕什么？对我下诅咒？"

　　"得了吧！"我回过神来，没好气地白了他一眼，抬头看了看四周，发现自己被他拉到了富有艺术气息的楼梯上，不由得疑惑起来，"这个楼梯……你要带我去空中花园？"

　　原一琦见我识破，不再卖关子，慢悠悠地走在前面："就上来过一次，亏你还记得路。"

　　"不要小看我的记忆力，我可是很厉害的。"自吹自擂一番，我兴致勃勃地跟在他身后，"你带我来空中花园干吗？有什么很稀奇的东西给我看……"

　　我的话还没说完，就卡在了喉咙里，原一琦此刻已经推开了门，一瞬间，姹紫嫣红的世界出现在我眼前。夜风将花海掀起层层波浪，远远看去十分壮观，就像是在挥手欢迎着拜访的客人。娇艳的花朵在温和的月光下，显现出不同于白日的美感，温柔而又纤细，收敛了几分张扬，增添了一丝谦和。

　　我站在空中花园的中央，仰头看着漫天的星辰，就像无数颗闪闪发亮的宝石镶嵌在这夜幕中，华美而又珍贵。它们调皮地朝我眨着眼睛，仿佛离我只有咫尺的距离。我着了魔似的向那漫天星辰伸出了手，然而握住的却不是繁星，而是原一琦指节分明的手。

　　他站在我的身边，轻轻勾住我的手指，说道："滨崎岛是我小时候最喜欢的地方，这座别墅也是我从小长大的乐园。我最喜欢的就是空中花园，宁静而又祥和，这里是我的秘密基地，因为从这里看到的星星总是那么明亮，好像一伸手，它就会落到我的掌心……直到后来我慢慢长大，才明白，抓住星星只不过是我们自以为是的想法而已。"

他侧过头来，温柔而又专注地看着我："不过，大概是奇迹发生了，我的手中正握着一颗星星，我想让这颗星独属于我，永远留在我的身边，你觉得我该怎么做才好呢？"

独属于他的星星？

我猛地瞪大眼睛，看着我们交握在一起的手，简直不敢相信，原一琦的意思是说……

不等我回答，他又微笑着开口："舞会上，我对你说希望成臻在你心中永远只是个好老师，那是因为我嫉妒他，明明当时钟心心诬陷你时，我想要第一时间支持你，却被他抢了先，而且他还用那种蹩脚的理由把你轻松拐走，最后居然向你表白。"

我吓了一跳："表白……难道说你昨天……"

难怪昨天成臻说什么"大型动物"，原来是他在偷听啊！

"他能那么自然地和你亲近……"原一琦俯身，将额头抵在我的肩膀上，闷闷地说，"我很嫉妒。"

一瞬间，我的脑子一片空白，就连手脚都不知道该往哪里放了。

"嫉……嫉妒？"

"笨蛋，我都这样说了，你还不懂啊？"原一琦轻敲我的额头，语气认真而又温柔，"我是说，我喜欢你……我喜欢你，优白雪。"

2

"喜……喜欢我？"

刚发现自己的心意，喜欢的人就跑来向自己告白，这是在拍电视剧吧？还是说我在做梦？

我下意识地掐了掐自己的脸颊，疼得龇牙咧嘴："嘶！原来不是梦啊，那是不是我幻听了？原一琦居然对我告白？"

"优白雪！"原一琦无奈地勾住我的手指，与我对视，深情款款地说，"我喜欢你，我喜欢你，我喜欢你！这样够清楚了吗？能确认不是幻听了？"

我喜欢你。

这四个再简单不过的字，化作一阵强风掀起我心里的巨浪，一下一下拍打着心房，微微发疼的同时又带着一丝甜蜜。

我捂着胸口，移开视线不敢看他："我……我知道了，不用说得那么大声。"

原一琦微歪着头看我，唇角始终带着一抹温柔的笑意，说话的语气却异常强势："你的回答呢？我和成臻不同，我才不会留给你时间考虑，白白让你逃走。优白雪，你能和我交往吗？"

"我……"

我一时语塞。

要是直接说"好"，会不会显得太着急了啊？施诗从前总是提醒我，在男生面前要矜持一点儿，虽然参加铁饼社之后，我彻底和这个词绝缘了，但现在……

原一琦见我很犹豫，脸上露出伤感的表情，他慢慢地松开我的手，低哑着声音说："我知道了……抱歉，把你从舞会上拉出来，还让你听我说这些，今天的事你就忘了吧。"

说完，他微垂着头，转身离开。

我下意识地扯住他的袖口，着急地说："我答应！我愿意和你交往！我也喜欢你！"

原一琦转过头来，脸上挂着阴谋得逞的笑容："知道了。不用说得那么大声。"

什么？这家伙原来是故意的！

我生气地瞪了他一眼："好啊！这种时候还跟我开玩笑。"

"我可不是开玩笑，你如果不答应，那我这次告白就太失败了。"原一琦轻轻抚了抚我的发梢，轻声细语地说，"如果这次告白失败，那今天的事你就可以忘记了，因为下次我会准备一个更加讨你喜欢的告白方式，不过还好你答应了。"

"早知道我就不答应了。"我故意撇了撇嘴，"看你这么轻松，我还真是不平衡。"

"那只是表面的。"原一琦将我的手放到他的胸口上，低低地说，"你看，我的心脏都快从嘴里蹦出来了，原谅我吧！"

心脏跳动的感觉从掌心传来，一下一下，快速而有力，仿佛在应和着他的心意，顿时让我害羞起来。我抽出手背到身后，磕磕巴巴地说："我……

我知道了，反正你都道歉了，我原谅你了。"

原一琦微露笑意，双眼仿佛落入了璀璨的星辰，耀眼极了："谢谢你，白雪。"

接受他的告白后，我们俩看着对方的脸，肩并肩坐到空中花园的长凳上。这一刻，空气无比静谧，并不需要语言，就有淡淡的甜蜜在流动。

我红着脸小声问："原一琦，你原来不是讨厌我吗？后来你又怎么喜欢我啊？"

"一开始，我确实认为你是个花痴又虚荣的女生。"原一琦向后倚在靠背上，煞有介事地掰着手指头数起来，"每次都和我唱反调，明明我的建议才是最轻松的，你却选择了布满荆棘的道路，从来不听我的话，还一身怪力。"

我面色不善地挥挥拳头："你想要我揍你吗？"

原一琦微挑眉毛，并没有退缩，认真地说："可是相处后才发现你很乐观善良，还有一股永不服输的劲头。就算选择了困难的那条路，你也会勇往直前，就像天上那颗最明亮的星星，不知不觉夺走了我所有的视线，等到发觉时，我已经喜欢上你了。"

我被他夸得不好意思，悄悄地握住他的手指，抿唇笑了起来。

"你……你也是一样。"我羞涩地低着头，回忆起初次见面的场景，"当初我在医院第一次见到你，就觉得这个男生怎么那么欠揍啊！个性冷冰冰的，像一只刺猬一样，说着让人讨厌的话。要不是我受伤下不了床，你早就被我揍了。"

原一琦顿了顿，表情有几分复杂："对不起，我知道自己性格很烂，但小时候的我其实不是这样的。"

"小时候？"我好奇地问，"那你为什么会变得那么冷冰冰的啊？"

他沉默了许久，才缓缓地开口："因为我老爸是明星，所以小时候我没有什么玩伴，只有一个叫甄辰的小男孩每天陪着我。他是老爸收养的孤儿，他很聪明，也对我很好，我们当时是最好的朋友。"

他捏紧了拳头，微微发颤，眉头拧成了一团，仿佛光是回想就引起撕心裂肺的疼。看他自揭伤疤，我于心不忍，劝说道："不想说还是不要说了，没必要勉强自己。"

"不，没关系。"原一琦闭了闭眼，吐出一口气来，紧紧地握住我的手，"没关系，我……我可以对你说。"

原一琦抿了抿唇，语气轻飘飘的，仿佛风一吹就会散落在空气中："有一天，我和甄辰从校门口出来，去我们经常去的小树林玩，可不知道怎么回事，树林里突然冒出来一群蒙面劫匪，逼问我们两个谁是原一琦。第一次遇到这种事情，我害怕得没出声，可没想到，甄辰却站出来保护了我，承认他是原一琦，顶替了我的身份……"

我听到这里，不由得倒吸一口凉气："天啊！"

他把陈年的伤疤一点点揭开，露出里面的血肉，失神而又恍惚地说："后来甄辰被劫匪绑走了，而我却被放了出来。报警之后，我们找了很久，终于抓到了劫匪，却怎么也找不到甄辰……这么多年过去了，如果不是死了，怎么会一点儿踪迹都查不到？是我害死了他……一定是我害死了他。"

他双臂抱膝，像婴儿一样蜷缩成了小小的一团，肩膀微微颤动，就好像

每一个从他口中说出来的字都在剜着他心尖上的肉。

我心疼地抱住原一琦，却想不出什么话来安慰他，只能干巴巴地说："都是过去的事情了，这不是你的错。"

光是说出口，对他来说就这么痛苦了，倘若伤口暴露在大庭广众之下……我简直不敢想象。

"我一直在想，如果当时我承认自己的身份，甄辰就不会死。"原一琦两手颤抖地环住我，像是努力从苦痛中挣扎出来。

我轻轻地抚摸着他的头发，心里说不出是什么滋味，又是后悔，又是心疼。

隔了很久，凝重的气氛慢慢消散，他才用沙哑的声音说："那件事情过后，我就再也不敢交什么朋友，性格也变得越来越苛刻，像刺猬一样保护着自己……不过现在，能让我敞开心扉的人终于出现了——那个人就是你，优白雪。"

我看着他，一时说不出话来，心尖随着他的一言一语而阵阵发疼，原一琦……平时总是那么嚣张霸道，爱开玩笑，我从来没想到，他还会有这样脆弱的一面，纯真得像个小孩子，在阴暗的角落里自责痛苦着，还要小心翼翼地不让别人发现。

不行，发生意外时他还小，因为太害怕而没有第一时间说出自己的身份，这本来就不能全怪他……我必须做点儿什么减轻他的痛苦才行。

我拍了拍他的肩膀，想要给他力量："原一琦，我决定了！"

原一琦抬起头来，如黑曜石般的眼睛里满是疑惑："怎么了？"

我正气凛然地说："你放心！从今往后，我一定会好好守护你的！"

刹那间，他的脑门上仿佛滑下了几条黑线，看着我说道："优白雪，你也太奇怪了吧，哪有女生守护男生的？"

"现在不就有了吗？"我拍拍自己的胸脯，"你的守护使者优白雪。"

"不行，怎么说都应该反过来，是我守护你才对。"

"要不然我们比比力气？"

"卑鄙。"

夜空中的星辰一闪一闪，空气中弥漫着诱人的花香，我和原一琦你一言我一语地斗着嘴，渐渐地驱散了夜晚的寒冷，让彼此的心都贴得更近了。

3

"偶像保卫战"结束之后，我们并没有急着离开滨崎岛，而是还有一天的自由观光时间。我在网络上看完了自己的全部视频，被逗得合不拢嘴，而且《偶像驾到》每一集的评论都超过十万。

施诗打电话告诉我，《偶像驾到》在学院里也彻底红了，大家对我的印象纷纷转变，同学们都热烈地讨论着舞会上的细节。

原一琦的爸爸原茗雅再次出现，给我们留下了一份新的"王子日报"，而和前两次不同的是，这一次的"王子日报"是我们所有人一起接到的，就连里面的内容也一模一样——我、原一琦、成臻、凌千影和纪星哲，要一起拍网络剧了！

"网络剧？"纪星哲的脸上满是兴奋，"这个我最喜欢了！演戏很有意思的！"

凌千影则满脸疑惑："可是，我们会拍什么剧呢？任务卡片上没有说啊。"

"我希望是古装剧，白雪可以演一位女侠，英姿飒爽。"

成臻微笑着调侃我，而一旁的原一琦冷哼一声，反驳道："我倒觉得是一部现代剧，我可以让夏雪事务所所有的艺人都参演，一定会爆红。"

一时间，大家热情高涨，议论纷纷，而我也充满了期待，虽然什么都不清楚，但可以预见未来的一个月会有多么忙碌。

上午，我悠闲地漫步在花园中，明天"夏雪王子号"会到达码头，把我们从这美丽的热带雨林接回去，而原一琦身为"夏雪事务所"的社长，每天白天都忙着处理事务。

自从原一琦告白之后，我就变得昏头昏脑，走起路来轻飘飘的，像是要飞起来，有时候还控制不住地傻笑，就连纪星哲都察觉到我有些不正常。不过，虽然现在我们在交往，但毕竟还在录节目，不适合对外公开，所以我们两个只能在晚上偷偷约在空中花园见面。见面的时间虽然很短，却是我一天中最幸福的时光。

距离和原一琦的约定还有七个小时，我坐在花园的长椅上，发愁地看着后面大片的玫瑰园。听说原一琦的生日快到了，我该送他什么礼物才好呢？送花的话，男生不会喜欢吧？我亲手给他做顿饭？但他什么山珍海味都吃过，给他做家常菜是不是太寒酸了？

我撑着下巴，有些苦恼："怎么办才好呢？"

"白雪，原来你在这里。"

一个温和的声音在我身后响起，我转过头，看到成臻那张俊朗的脸。

"啊！"我笑意盈盈地应了一声，"这么巧，你也来了啊！"

"不巧，我是来找你的。"不知道为什么，成臻的面色有些苍白，平时温和的笑容就像是假的一样，勉强挂在他的唇角，眼帘微垂，敛去了眼中的光彩，"我可以坐在你旁边吗？"

我的心里咯噔一下，忽然想起了当初他向我告白的事，不由得暗暗骂了自己一声。

"可以啊……"我含糊地回答，"你找我有什么事？"

拜托！千万不要问我告白的事！

成臻静静地坐在我身边，细细地打量着我的脸："你的脸色不太好，是在烦恼什么吗？"

我顿时放松下来，不好意思地说："是原一琦！我听说他生日快到了，想送什么礼物……对了，成臻，你是男生，男生们都会喜欢什么啊？我不太了解，贵重的艺术品我买不起，要是纯手工制作的话，唉，我从来就不擅长干这种事……"

"白雪。"成臻打断我的话，顿了顿，还是淡淡地开了口，"他喜欢蓝色，送他一条领带吧。"

他的手攥着椅背，脸色更加苍白了，金灿灿的阳光照在他白皙的手背上，就连青色的血管都能看见。

"是……是哦……"意识到自己太聒噪，我尴尬地扯开话题，"你，你怎么知道他喜欢蓝色？"

"参加节目前查过资料。"成臻不自然地扯了扯衣领，额头上沁出了汗。

最近也不知道是不是运动量太大，我总觉得他的身体越来越虚弱，脸色也总是惨白，可是每次一开口问，成臻也只是说自己没事，实在是令人担心。

"这样啊……"我看着他，担心地问，"你是不是哪里不舒服？需不需要我去叫个医生过来？"

"不用了。"成臻抿了抿薄薄的唇，沉默了一会儿，缓缓开口，"白雪，你和原一琦是不是交往了？这件事我不会对外传，你可以对我说实话吗？"

我的心中一惊，瞪大了眼睛。

啊，被发现了吗？

不过仔细想想，我最近确实有点儿反常，成臻那么细心，他发现其实也不奇怪。

我深吸一口气，说道："没错，我喜欢的人是原一琦，所以……对不起，我不能接受你的告白。"

成臻的表情很平静，仿佛早就猜到了这种结果一样。他仰头看着无边无际的天空，双眸映着蓝天白云，过了好久才闭上眼，自嘲般笑道："好吧，我放弃。"

我担忧地看着他，正想开口安慰，他却站了起来，轻声说："那我就先走了。"

来不及挽留，成臻一言不发地离开了花园，我只来得及目送他的背影。阳光将他的影子拉长，看起来孤寂又脆弱。

"唉……"我长叹一口气，心里也很不是滋味。

我移开视线，不由得微微一愣，不知道什么时候，凌千影居然站在花园里，也不知道我们的对话被他听到了多少。

"千影，你怎么……"

我赶紧站起身来。

他站在离我五步远的地方，仿佛在隐忍着，两只手握成拳，说道："优白雪，你为什么要玩弄成臻的感情？他对你有多好，你看不到吗？"

"我……"

凌千影是怎么了？他为什么要为了成臻而指责我？

虽然不明白他为什么突然这么生气，但我还是坦诚地回答道："我知道他对我很好，也很感谢他，但我喜欢的人是原一琦，如果只是因为感激而接受一个人，这才是对他最大的侮辱！千影，难道你心里就没有什么重要的人吗？如果你有喜欢的人，一定会懂我的心情！"

凌千影神色一怔，张了张嘴巴，却说不出话来。他垂下头，轻声对我说："对不起，白雪，是我太激动了，你忘了今天的事吧。"

说完，凌千影朝成臻离开的方向迈了一步，似乎想要去追，然而犹豫片刻，他还是放弃了，掉头向相反的方向走去。

我闭上双眼，脑海中浮现出原一琦的身影。爱情是没办法妥协和成全的，这个世界上根本不存在让所有人皆大欢喜的结局。

4

又在船上过了一周，我们终于搭着"夏雪王子号"从滨崎岛回到了熟悉

的城市，马不停蹄地来到夏雪事务所讨论关于网络剧的事。前几期节目的收视率连连攀升，好评如潮，所以大家对这次的任务很有信心。

我们回来时正好赶上阴天，黑云密不透风地遮住了日光，沉沉坠下，压抑得让人喘不过气。秋季的冷风带着潮湿的气息，像是在预示着一场大雨的到来。

我们随着工作人员来到一个小型会议室，安静地等了一会儿，导演大叔才姗姗来迟。他手中拿着一支马克笔，在身后的白板上写下"王子复仇记"五个大字，语气轻快地介绍道："这是这次网络剧的名字，剧本等会儿就会送过来，大家有什么问题可以先问我。"

王子复仇记？

这个名字好奇怪啊，是喜剧吗？

原一琦坐在我的身边，我悄悄问他："你不是夏雪事务所的社长吗？这个剧本讲什么？"

"我不知道。"原一琦摇摇头，脸上的神情和我一样茫然，"这次的网络剧是勒令所有参演人员都不许提前看剧本的，就连我也不例外，说是要保持神秘感。这个命令还是我老爸下的。"

我不由得更紧张了。

我只是一个普普通通的女生，哪会演什么戏？也不知道会分配到什么角色，演出来很奇怪怎么办？

"大叔！"纪星哲最活泼，第一个举起手，迫不及待地问出了一连串的问题，"我们要拍多久啊？我演什么？是和白雪演情侣吗？"

原一琦狠狠地瞪了他一眼，导演大叔笑着回答道："《王子复仇记》可不是什么轻松的喜剧，而是一个复仇故事，具体内容和角色分配在剧本上都有注明。这个网络剧只有四集，一个月就能完工。明天就是新闻发布会，大家回去好好看看剧本。"

他的话音刚落，工作人员就捧着剧本——发放给我们。我拿着厚厚的一沓纸，紧张地搜寻着我的角色："白小雪……活泼开朗的女生，尹琦的女朋友？"

这些名字还真是耳熟啊……

"好了！"导演大叔拍拍手，大声宣布，"剧本已经发下来了，我还有事要提前离开，记得明天的发布会不要迟到。"

导演走后，工作人员为了不打扰我们，也离开了会议室，场面顿时冷了下来，安静得仿佛掉下一根针都会听到。自从我向成臻和凌千影坦白了自己喜欢原一琦，我们几个的气氛就变得很微妙，仿佛隔着一堵看不见的屏障，彼此都难以靠近。

纪星哲没察觉到什么不对劲，他兴致勃勃地提议："不如现在大家一起对对台词吧！说不定能早点儿找到感觉呢！"

成臻打了个哈欠，兴致缺缺地揉了揉高挺的鼻梁："明天再说吧，我累了，先去找间客房休息。"

凌千影也跟着拒绝："坐了这么久的船，我也累了。"

纪星哲目送他们离开，不高兴地嘟囔："怎么一个两个都要走？"

虽然我也没想到选择和原一琦在一起会让大家的关系变成这样，但一路上很亲密的好朋友现在这么生疏，我的心里还是很难过。

正当我沮丧的时候，原一琦却忽然握住了我的手，温热的体温包裹着我

冰凉的指尖，一点一点暖化着我的心。

他轻声安抚着我："别想那么多了，先看剧本吧。"

没错，现在的首要任务是把《王子复仇记》完成，没工夫想那么多，要打起精神来！

我给自己打了打气，凑过来和原一琦一起看剧本："这是一个关于复仇的悲剧故事，其中一位是富家公子尹琦，而另一位则常年寄住在尹琦家中……"

我念着剧本，心里莫名地升起了一股熟悉的感觉，旁边的原一琦也愣住了。

我压住疑惑，继续读了下去："某天他们遭遇劫匪，为了让好朋友脱身，寄住的那位谎称自己才是尹琦，代替了他被绑架，真正的尹琦被放走，而他的那位好朋友却从此消失得无影无踪。然而长大以后，顶替富家公子的那一位回来复仇，最后夺走了属于真正富家公子的一切。"

等等，看到这里，我也察觉到了不对劲……这不是原一琦的身世吗？为什么会出现在这个剧本里？

原一琦勃然大怒："这个剧本我是绝对不会演的！"

他摔下剧本，迈开步子就走。纪星哲不明所以地拉住他："你怎么了？我看这个剧本很好啊！"

"好？"原一琦冷笑一声，漆黑的眸子里仿佛燃着一团火焰，"你觉得这个剧本很好？"

纪星哲把剧本翻得"啪啪"响："有爱情，有悬疑，有复仇……这个故事真的很精彩，而且你还是男主角之一，为什么要这么生气？"

原一琦满脸怒意地挥开纪星哲的手，丢下一句"要演你自己演"，就甩上门离开了会议室。

纪星哲委屈地扭过头看着我："到底是怎么了？白雪，你知道阿琦发生什么了吗？"

我知道，但是不能说啊……

我原本担心地想要追过去，但原一琦现在正在气头上，估计怎么劝都没用，还不如让他自己一个人先冷静下来。不过……为什么原一琦的故事会分毫不差地出现在这个剧本里？如果说是巧合，未免也太神奇了，但要是有人故意这么做，那他的目的又是什么呢？而且最重要的是，这件事到底是谁做的？

"唉……"我忍不住叹了口气，头疼得要命，之前拧松水晶灯的凶手没有找到，现在又遇到了这样的乌龙事件。

明明只是拍个网络剧而已，结果却弄得一团糟，而且这个故事里，那位代替被绑架的男生回来复仇了，会不会甄辰并没有死？

我的脑海中闪过一个念头，顿时震惊了。

对啊！之前原一琦也说过，甄辰失踪了怎么也找不到，但这不代表他去世了啊！按照这个剧本的发展，甄辰会为了复仇回来，最后夺走属于原一琦的一切，那之前掉落在我头上的水晶灯，会不会也是甄辰做的，目标是原一琦，不过当时我倒霉替原一琦挡了那一下？

我隐隐觉得自己抓到了什么关键的东西，突然会议室的门被人从外面猛地推开，发出砰的巨大声响。

我吓了一跳，看着突然出现、满头是汗的凌千影，问："怎么了？发生

什么事了？"

　　凌千影死死地抓住我的手，脸上是从未有过的慌张神情："成臻……成臻头痛晕倒了！快，快叫救护车！"

第十章
大反转！那个人的身份是?

10

1

窗外淅淅沥沥地下起了小雨，细密的雨丝无力地击打在玻璃上，慢慢汇成一条长流，滴滴答答地落在窗沿上。

医院里满是令人抑郁的白色，走廊长而宽，却好似怎么也望不到尽头。我将视线从窗外移开，犹豫地踏着步子，慢慢地走到病房前，踮起脚，透过木门上那小小的窗口向里面张望。穿着白大褂的医生围在病床前，我没办法看到成臻。他们时不时交谈几句，表情很严肃，看起来情况不是很乐观。

凌千影焦虑地在病房门前走来走去，双手合十，在为成臻祈祷，脸上带着几分无助，时不时向我确认："白雪，你说成臻不会有事吧？他这个人有时很爱开玩笑，是不是故意吓我们啊？没错，一定是这样，他不会有事的。"

纪星哲坐在医院的长椅上，看着我们两个，努力安慰道："我已经给原茗雅社长打电话了，他应该很快就会过来，你们不要太担心。不过，成臻好端端的怎么忽然晕倒了呢？白雪，你知道吗？"

我能想到的原因只有他的幽闭恐惧症，可是，为什么会突然发作呢？不过我答应过成臻要保密，即使他现在昏迷不醒，我也只能含含糊糊地回答："不清楚，可能太累了吧。"

"太累了？"纪星哲自言自语道，"说起来，从滨崎岛回来的时候就感觉他有点儿不对劲了。"

我假装没有听见，用力拉住凌千影的手，让他冷静下来，沉默地等待了好一会儿。走廊里响起匆忙的脚步声，原茗雅火急火燎地跑了过来，他还没来得及喘匀气息，就拉住我问："我接到星哲的电话，说成臻忽然晕倒了，这是怎么回事？"

原茗雅为了《偶像驾到》的完美收尾，特地从滨崎岛和我们一起赶了回来，不过因为他的工作比较多，没有和我们一起去夏雪事务所参加剧本讨论，而是直接被专车送回了公司，赶去参加一个重要的会议。

我担心地说道："今天拿到剧本以后，成臻就说自己累了，第一个离开了会议室，说是要找间客房休息。恰好凌千影也跟着出去，他去找成臻时，敲门发现他没有回应，结果……结果一打开门，就发现成臻躺在地上昏迷不醒。后来我们把成臻送到了医院，现在还不知道情况怎么样。"

原茗雅沉默地扫视了一圈，忽然问道："一琦呢？他怎么不在？"

"他……"我一时语塞，瞟了一眼已经打了十几通电话都无人接听的手机，"他对剧本不是很满意，离开会议室后不知道去了哪里，我现在联系不到他。"

原茗雅头疼地揉了揉太阳穴，安抚我们："你们也别太担心了，成臻大概就是老毛病。"

我不由得怔住了……老毛病？原茗雅也知道成臻的幽闭恐惧症吗？

正在这时，病房门开了，几位大夫神情凝重地走了出来，语气严肃地问："请问哪位是这位患者的监护人？请随我们去一趟办公室，有些话需要

交代，至于其他亲友，你们现在可以进病房了，但切记不要吵闹影响到患者。"

凌千影慌张地拉住其中一位医生："成臻到底怎么了？"

原茗雅安抚地握住他的手，温和地说："好了，先放开医生。我了解清楚情况之后，会好好解释给你们听的。现在你们还是去病房看看他，耐心等待一下，好吗？"

凌千影颓然地松了手，沉默地点点头。我连忙把他带到病房里，拼命打气鼓劲："成臻要是知道你为他这么担心，肯定会内疚的。打起精神来，让他一醒来就看到元气满满的你，他一定会早点儿好起来的。"

凌千影低声向我道了谢，忐忑地走到病床前，看着仍在昏睡当中的成臻，慢慢地拉住了他的手。

病床上的成臻睡得很安详，没有上次病情发作时那么痛苦。他双目微闭，唇角微勾，似乎在做着什么美梦。无论是电子仪器的嘀嘀声，还是我们的交谈声，周围的一切都打扰不到他。在灯光的映衬下，他看起来脆弱又纤细，带着几分不存于世间的美。

本来我们之中还有纪星哲能缓和这种凝重的气氛，然而当他看到成臻这副模样时，也说不出话了。

不知过了多久，原茗雅终于回到了病房，这次就连他脸上的稳重神情也不见了，取而代之的是明显的担忧："这次的情况比我们想象的严重，他之前就有头痛的老毛病，压迫到了神经。这段时间可能是压力太大，一下子就爆发了，至于病情有多严重，还得做进一步的检查。"

听到他的话，凌千影后退一步，晃了晃身子，一副马上就要倒下的模样，一旁的纪星哲赶紧扶住他。

我忍不住问道："那医生说了成臻什么时候会醒吗？"

原茗雅摇摇头，沉默了一会儿，温和地对我说："我记得你们明天还要参加《王子复仇记》的新闻发布会，成臻应该是参加不了了。为了避免造成不好的影响，媒体问起时就用身体不适的理由搪塞过去……一琦那边我会和他联系，你们还是回去好好休息，准备应付明天的难关。我会嘱咐医院的人好好照顾成臻的，一有消息就通知你们。"

我咬了咬嘴唇，说道："可是我担心……"

"你们先回去吧，我一个人留下来就够了。"凌千影直勾勾地看着成臻熟睡的面孔，"病房里人太多了，会吵到他。明天的发布会不用担心，我确认地址后会去找你们。还有，白雪是第一次参加发布会，星哲，你回去教教她该怎么做。"

这样的凌千影令人感到十分陌生，我小声地叹了口气，只好妥协道："好吧，我知道了，那就交给你了。"

凌千影和成臻向来关系都很亲密，可又和普通朋友不太一样……大概对每个人来说，心中都有一位重要的人吧。

和他告别之后，我垂头丧气地跟着纪星哲走出医院大门，雨势好像越来越大了，哗啦啦地下个不停。天空遍布的阴云把我的心压得更加沉重。纪星哲撑起在超市买来的雨伞，看着在雨幕里奔跑的行人，忧愁地祈祷着："明天就是发布会了，希望老天爷能给个好天气。"

我踏在被雨淋湿的石板上，听着雨滴打在雨伞上的啪嗒声，漫不经心地附和着："是啊，希望明天能有个好天气。"

也希望这种不幸能够早点儿消散，让我们大家平平安安地撑到最后。

2

可是，老天爷并没有听到我们内心的祈祷，第二天举行发布会时，居然风雨交加，是入秋以来下的最大的一场雨。

发布会在W电视台举行，本来是十点开始，可我找不到原一琦，又担心成臻的病情，晚上辗转反侧并没有睡着，只好提前一个小时来到电视台做准备，坐在休息室的沙发上等待其他人的到来。

窗外乌云密布，不知道什么时候才会放晴，看惯了滨崎岛那四季如夏的大晴天，我只觉得很压抑。细密的雨点"啪嗒啪嗒"地拍打着窗户，我从口袋中掏出手机，又一次拨打原一琦的电话，不出所料，听到的又是那个一板一眼的女声。

"您拨打的用户……"

"你到底去了哪里啊？"空无一人的休息室让我感觉很无助，我疲惫地抚了抚额头，喃喃自语，"原一琦，快回来……我很担心你……"

话音刚落，休息室的门忽然被人推开，灯光刹那间亮了起来。我惊喜地抬头看向大门，以为自己会看到原一琦像那次舞会一样，如天神一般降临在我的身边。

然而这一次，我却只看到纪星哲站在门口，一脸茫然地看着我："白雪，你怎么这么早就来了？为什么不开灯呢？"

一个高挑的身影跟着纪星哲走进来，凌千影身穿宝蓝色的礼服，已经比昨天冷静了很多，但眉眼间透着疲惫。我听说凌千影昨天一直在病房里待到了深夜，在护士的几番劝说下才回来。

我忍不住问："医院那边有结果了吗？成臻怎么样了？"

"还没有。"凌千影摇摇头，"医生说还要做进一步的检查，等发布会结束之后，你们先回事务所商讨剧本，我去医院等结果。对了，原一琦呢？他还没来吗？还有半个小时发布会就要开始了。"

我无奈地摇着头："我从昨天开始已经打了五十多通电话，但一直在关机，就连原叔叔也找不到他，不知道他会不会来参加发布会。"

纪星哲瞪大了双眼："啊？原一琦要是不来的话，岂不是《王子复仇记》的两位男主角都缺席？我们该怎么和那些记者交代？总不可能那么巧，两个主演都突然身体不舒服吧。"

我不禁焦头烂额："听天由命吧，没办法了。"

时间一点一点地前进着，离发布会开始的时间也越来越近。我紧紧地捏着手机，盼望原一琦能在最后关头闯进我的视线，然而却只等来工作人员通知我们入场的消息。

我站起身，长叹了口气："就靠我们三个上战场了，打起精神吧。"

纪星哲勉强笑了笑，想要让气氛轻松一点儿："我可是参加过很多发布会了，该打起精神的是你。"

尽管内心十分忐忑，但我也只能硬着头皮扯出一个灿烂的笑容，慢慢踏上发布会的舞台。

虽然看过很多娱乐新闻，但轮到自己上场，果然不一样。我这个唯一的女主角僵硬地坐在正中央，而原本应该坐在我身旁的原一琦和成臻都没来，

所以左右两边都空荡荡的，就好像我与周围隔绝了一般，十分引人注目。

台下坐了一大群人，闪光灯不时亮起。镜头背后，记者们的眼神充满着好奇，虎视眈眈地看着我，好像只等一声令下，就会凶猛地向我发动进攻一般，害得我心惊胆战。

没想到的是，成臻和原一琦不在场，纪星哲的表现令人刮目相看，他极力要宝，三言两语就解释了成臻和原一琦缺席的原因，都不给记者们发问的时机，滔滔不绝地讲起了这部网络剧《王子复仇记》。我还是第一次知道，原来他的谈吐那么风趣幽默、妙语连珠，在镜头下神采飞扬，充满了自信。

"哇……原来这就是偶像明星啊！"看着仿佛换了个人一般的纪星哲，我不由得感慨。

可是，就算纪星哲有三寸不烂之舌，也总有讲完的时候，我和凌千影怎么也不能拖到新闻发布会结束，最终还是没能躲过记者们的提问。

"请问优白雪小姐，成臻究竟得了什么病？是否会影响到后面的拍摄进度？"

"原一琦因为私事不能出席？所谓的私事是什么，方便透露吗？"

"我听说原一琦对这个剧本并不满意，所以拒绝拍摄，请问这是真的吗？"

……

一瞬间，无数个问题犹如炮弹一般朝我袭来，所有的镜头都对准了我，快门也"咔嚓咔嚓"响个不停。我茫然无措地遭受着轰炸，脑袋里一片空白，只能强迫镇定下来。

我鼓起勇气开口："对不起，这些我都无可奉告。"

呼……幸好纪星哲提前教了我怎么应付，要不然这些问题还真不知道怎么回答。

记者们没能继续问下去，场面渐渐静了下来，我正暗暗松了口气，忽然，一个嘹亮的男声突兀地响起："优白雪小姐，有传言说原一琦和成臻之所以不来，是因为他们之间产生了矛盾，而主要原因就是你！能不能请你解释一下这件事？"

听到这话，我不由得愣住了，抬头看向那个站在正中央、戴着金边眼镜的男人，他手中拿着相机，严肃地看着我，再一次提问："优白雪小姐，你能解释一下吗？"

他的语气十分冰冷，说得煞有介事，一看就来者不善。

我皱起眉头，问道："我从来都没听说过这件事，这是谁说的？"

男记者从口袋里拿出手机，打开微博的页面，说道："人气美少女偶像钟心心昨晚在微博爆料，说你故意接近原一琦，又在成臻和他之间摇摆不定，导致两位男主角争风吃醋，彼此产生了矛盾。钟心心为此号召粉丝们集体抵制你。请问你对她的爆料有什么看法？还有粉丝们集体抵制你，优白雪小姐，你对这件事有什么看法？钟心心说的都是真的吗？"

钟心心？她居然用这么卑鄙的方式在网上造谣！

我顿时火冒三丈，咬着牙回应道："都是假的！她在'偶像保卫战'输给了我，所以故意造谣抹黑！"

我刚说完，就看到了纪星哲和凌千影焦急的眼神，凌千影还冲我轻轻摇了摇头。这时我才忽然想起，钟心心在荧幕上的形象一直都清纯可人，说她造谣抹黑我，恐怕相信的人也不多。

男记者继续咄咄逼人地发问："既然你说是假的，那为什么这么巧合，她爆料的男主角原一琦和成臻都没参加这么重要的发布会？是不是另有隐情？"

被凌千影一提醒，我不敢开口了，我总不能说出成臻的病情吧？

纪星哲站起身来，及时截住了记者的话头："钟心心说的不是事实，请大家不要相信。发布会要结束了，希望大家能关注我们的作品，谢谢。"

说完，他拉着我和凌千影从舞台后面离开，高大魁梧的保安们组成人墙，将记者们挡在了后面。

"优白雪小姐，别走啊！请解释清楚！"

"您走那么快，是心虚了吗？"

"粉丝们集体抵制你，这档节目是不是要换女主角了？"

……

虽然我努力加快脚步，但那些声音还是不断地钻进我的耳朵，让我心烦意乱。

3

离开发布会现场，我们匆忙赶到休息厅，打开微博搜索钟心心那段虚假的爆料，上面已经有将近四万的转发和无数条评论了。

我颤着手点开评论，只见有无数被蒙蔽的人纷纷评论"共同抵制优白雪""优白雪滚出节目"，一下子，我仿佛回到了刚被通知参加《偶像驾到》录制的时候，甚至比那个时候还要惨。

我难堪地咬着下嘴唇，将手机往沙发上一丢，捂脸哀叹道："这都是些什么人啊！为什么我要遇到这种事？"

"初恋的夏天，甜甜甜甜圈……"

手机铃声忽然响了起来，我原本兴致缺缺，随意瞥了一眼，一看到跳动的名字就赶紧接通，劈头盖脸地说："原一琦，你知不知道我很担心啊！手机不接，短信也不回！你究竟去哪里了？成臻忽然晕倒住院了，钟心心还……"

"成臻的事，我知道了。"原一琦打断了我的话，声音低沉而沙哑，"钟心心怎么了？"

我委屈地向原一琦讲述了发布会上的事，头疼地问："这该怎么办啊？"

"先来事务所吧。"原一琦沉默了一会儿，低声说，"我在这里等你。"

为了避开那群记者，我们悄悄从后门离开，凌千影打算去医院照看成臻，他叮嘱我们"小心那群粉丝"之后，就和我们道了别。

我和纪星哲迎着雨，坐上原一琦派来的车，心神不宁地刷着微博上的评论。钟心心不愧是人气美少女，对粉丝的号召力很大，再加上本来就有一群人对我能参加《偶像驾到》十分不满，所以一夜之间，仿佛多了一群看我不顺眼的粉丝们，组成了一支浩浩荡荡抵制我的队伍。

被人造谣这种事是很难洗刷掉的，如果大家相信了钟心心的话，就算原一琦和成臻现在立刻出现在电视上，也会被人说是作秀。

"唉……"我深深地叹了口气，这次是真的遇到了难以回避的危机。

　　雨势渐渐小了起来，我和纪星哲心事重重地走进事务所，来到昨天不欢而散的会议室。消失了一天的原一琦正坐在靠窗的椅子上，仰头看着阴沉的天空。

　　我犹豫地停住了脚步，喊了一声："原一琦。"

　　原一琦茫然地回过神来，站起身轻轻地抱了抱我，低声道歉："对不起，我只记得逃避，却让你担心了。明明说了要保护你，却留下你一个人去面对那些中伤的话语，我这个男朋友真是不称职啊。"

　　我轻轻地抚着他的后背，故作轻松地说："没关系，我可是优白雪！那种谣言对我来说算什么？只要你保证，以后再也不会偷偷消失，我就原谅你。"

　　原一琦微微笑了起来，抓住我的手，在唇上轻轻一吻："我发誓，以后绝不会瞒着你消失。"

　　"白……白雪？你和原一琦……"身后传来纪星哲震惊的声音，"你们什么时候交往的？我怎么不知道？等等……我，我不是在做梦吧？"

　　光顾着担心原一琦了，差点儿忘了纪星哲还在这里，我赶忙松开手，尴尬地转过身，正对上他那张神情惊恐的脸："我……我们在滨崎岛上就交往了，不过在录节目，所以没打算马上公开……不过钟心心那段爆料绝对是假的，你相信我。"

　　"我肯定相信你……啊！"

　　"砰！"

　　纪星哲的话才说到一半，忽然，休息室的一角响起刺耳的玻璃破碎声。我还没来得及反应过来，就被原一琦拉进怀中护住，避免了被碎玻璃划伤的命运。我惊魂不定地抬起头，只见窗户破了一个大洞，冷风正顺着那个缺口往屋子里猛灌。尖锐的玻璃碎了一地，一块被纸包住的大石头骨碌碌地滚了几圈，停了下来。

我有原一琦的保护，没受什么伤，而纪星哲就没有那么好运了，窗口离他不远，尖锐的玻璃碎片划伤了他的手臂，细密的血珠混成一条血流，一点一点地滴落在地上砸开一朵朵血花，触目惊心。

"嘶……"纪星哲疼得倒抽一口冷气，愣愣地看着流血的手臂，伤口里还有一些细碎的玻璃。

我慌张地冲过去抓住他的手，无措地说："医，医生，快叫医生过来！"

"白雪，我害怕。"

纪星哲抬起头，惊恐地看着我，像是陷入了过往的噩梦之中，表情越来越痛苦，双手竟然微微发颤。

他的反常让我心慌起来，我想要带他去找医生，然而他却瑟缩地躲避了我的手，眼神畏惧地看着我，像是透过我看到了什么可怕的东西。

"对……对不起！"他回过神来，仿佛被洪水猛兽追击一般，神色惊慌地跑了出去。

"纪星哲……"我待在原地，愣愣地回想起他的眼神，"他……在怕我？"

意识到这一点，我的心底顿时涌上一股悲凉，就像被一块大石头击中了一般，光是呼吸都带着隐隐地疼……纪星哲到底是怎么了？他为什么会突然开始害怕我？

第十章 大反转！那个人的身份是？

　　窗外没有了动静，我小心翼翼地走过去，将石头外面的纸剥下，展看一看，上面用血红的字触目惊心地写着——优白雪，滚出节目！

　　看来这块石头是抵制我的激进粉丝扔进来的。

　　原一琦被气炸了，暴躁地向外走："我要去修理她们！实在是太过分了！"

　　"算了，说不清楚的。"我拉住他的手，摇了摇头，将那张纸撕碎丢到垃圾桶里，"讨厌我的人又不止一个两个，你是修理不过来的。"

　　忽然，我只觉得这小小的空间令人呼吸困难。我长长地叹了一口气，闷声说："你还是去给纪星哲找个医生吧，他笨手笨脚的，一定处理不好伤口。"

　　"那你呢？"

　　原一琦静静地看着我，如黑宝石般的眼眸里满是心疼。

　　"我……"我想起好久不见的施诗，决定去找她，"我出去了那么久，施诗一定担心死了，我去找她。"

　　"可现在外面这种情况……"

　　"没关系。"我假装开朗地笑着，"她们打不过我，不会有什么事的。"

　　见我那么坚持，他只好妥协："好吧，如果有什么事，记得给我打电话。"

　　我点点头，回想起满脸恐惧的纪星哲，张了张嘴，却说不出什么话，只能心情沉重地离开了事务所。

4

现在是周三的下午两点，施诗应该在美术室画素描。我换上一身不起眼的蓝色运动服，戴好棒球帽，打算偷偷溜进去，这样既可以躲避粉丝们，还能给施诗这丫头一个惊喜。

来到后门，当初被我大力踹塌的墙已经修好了，而且还破天荒地用了十分结实的材料。我不由得窃喜，可刚刚从围墙上翻过去，就听到一个咄咄逼人的女声在叫嚷："和优白雪是好朋友？那你肯定也不是什么好人，抱歉，不小心扯了你的头发，很疼吗？活得不耐烦了，还敢瞪我？"

我下意识地朝那个声音发出的方向看去，不由得瞪大了眼睛——是施诗！

她被一群女生逼得靠在墙上，脸上满是倔强，愤怒地瞪着她们。她的头发被一个梳着马尾的女生狠狠地拽着，脚边是已经被砸坏了的画板……等等，这个拽她头发的女生，不就是上次在洗手间被我教训过的女生吗？

针对我就算了，为什么还要欺负施诗？

"施诗！"

我大叫一声，怒气冲冲地跑过去，一把捏住那个女生的手："你们在干吗？"

一瞬间，所有女生都吓得后退了一步，看来她们还记得我是铁饼社的得力干将。

"放手！"她倒抽一口冷气，看清楚是我以后，满脸惊恐地挣扎起来，

"优白雪，你给我放手！"

我本来想教训一下她，施诗却在背后轻轻地拉了拉我的衣角，示意我别太过火。我只好松开手，警告她们："滚远点儿！别让我看到你们再靠近施诗！"

那群女生慌慌张张地离开，等跑开几步之后，之前那个马尾女生又开始不甘心地叫嚣起来："优白雪，你别得意！也不看看现在网络上是怎么评价你的，到时候就算不是我们，也会有人过来教训你！好好等着吧！"

看着她们落荒而逃的背影，我长长地叹了口气，转身摸摸施诗的头，担心地左看右看："她们没把你怎么样吧？有没有哪里受伤？"

"没有。"施诗温和地说，"幸好你来得快。"

"都怪我连累了你。"我蹲下身，替她捡起破碎的画板，原本在原一琦面前都不觉得委屈，现在却忍不住哽咽起来，"对不起……明明都是我的错，没想到会牵连你。"

这群卑鄙的丫头，真是太过分了！

"不是你的错，钟心心的话我一个字都不信。"施诗蹲下身来，擦掉我眼角的泪，脸上满是心疼，"白雪，你一直都很棒，每次有什么事都保护着我，是我太弱小，没办法在别人造谣的时候保护你。"

"施诗……"她的话犹如一股暖流，注入我冰冷的心，我看着草地上破碎的画板，想起会议室那碎了一地的玻璃，深吸一口气，"这件事必须要有个终结，不能再这样下去了，否则大家都会痛苦。"

施诗看着我的脸，更加担心了："白雪，你不要冲动啊！总会有解决的办法的！"

"没关系，解决的办法我已经想到了。"我勾了勾嘴角，苦笑一声，自嘲地说，"这样一来，大家都能逃脱痛苦了。"

我不放心施诗，将她护送到美术室，心情沉重地回到了夏雪事务所。

在门口徘徊了片刻，我没能鼓起勇气进去面对原一琦，只好离开，走到附近的一家小超市，买了些新鲜的蔬菜，又借用事务所的厨房，开始准备家常菜来。

时间如流水般转瞬而逝，不知不觉就到了傍晚，雨已经停了，但乌云还未散去，被遮蔽的天空始终阴暗无比，没有透出一丝光亮。

我拎着打包好的菜，迟疑了一会儿，朝原一琦的房间走去。路过大厅时，我还特地照了照镜子，镜中自己的脸是那么陌生，我练习了一下微笑，将眼中的悲伤掩去。

原一琦打开门，看到是我，紧绷的表情瞬间缓和下来："怎么样？没发生什么事吧？这么久了才回来。"

"我能有什么事啊？"我略去施诗的事不谈，拎起手中的饭菜，笑眯眯地说，"我做了这个！老爸常年不在家，我每次都要自己解决吃饭的问题，虽然不知道合不合你的口味，不过肯定比你的黑暗料理要好多了。"

黑暗料理已经成了我用来取笑原一琦的经典段子，他说："不是说好不提那件事吗？"

"你夸我的菜好吃，我就不提。"我跟着他走进房间，四下看了看，"你这个房间也太简单了，就是沙发、办公桌和床，一点儿生活气息都没有。"

"这里只是工作的地方。"原一琦将桌子上的文件搬到一边，眼里闪过

10

第十章 大反转！那个人的身份是？

一丝笑意，"以后有了家，你想摆什么就摆什么，反正我们两个在一起，总会有生活气息的。"

我的脸不由得发起烫来："胡说什么呢！"

原一琦微笑着接过我手中的饭菜，摆在桌上，像发现了新大陆一样兴致勃勃地点评："白雪，你的手艺还不错！看起来都很好吃。"

办公桌旁橘色的灯光为这画面平添了几分温馨。我忍不住笑起来，用干净的筷子为他夹了一块："那你多吃点儿，这可是我的拿手菜，红烧狮子头。"

原一琦很捧场，没一会儿，就和我一起把所有的菜都吃光了，一点儿都没剩。收拾好碗筷，他坐在沙发上看着我，白皙的脸上满是凝重之色："白雪，从刚刚起你就没什么精神，是不是有话要对我说？"

他的直觉一向很敏锐，我抿了抿嘴唇，沉默了好久才开口："我们……还是结束这个真人秀吧。"

原一琦怔了一下，似乎没听清："你说什么？"

"结束吧！"我咽了咽口水，想起今天发生的一幕幕，痛苦地捂住脸，"与其这样下去，还不如结束真人秀……无论是你，还是成臻他们，遭遇到的坎坷实在是太多了！就连身边的好朋友都受到牵连、被欺负……我受够了！"

"白雪！"原一琦从背后抱住了我，轻轻地拍着我的胳膊，沉默了一会儿，他才低哑着声音开口，"结束真人秀这件事，让我再好好想想……事情发展到现在，的确是我们都没想到的，可是，也是它让我遇到了你！白雪，再让我好好考虑一下。"

我握住他干燥而温暖的大手，汲取着他身上那温暖的力量，无声地点了点头。

夜凉如水，我们相互依偎却不觉得寒冷，朦胧的灯光笼罩着我们，温馨浪漫。我们不发一言地坐着，等待着日光划破夜空的那一刻，只要心贴在一起，就无须语言的交流。

不知过了多久，乌云散尽，被久藏的太阳踏着欢快的脚步，顺着层层薄云重新爬上了天空，透过窗户洒下了今天的第一缕阳光。

原一琦动了动，拉住我的手，语气温柔地说："走吧，去找我老爸，我们结束这场真人秀。"

我愣愣地跟随着他的脚步："你同意了？"

原一琦从衣架上拿下薄围巾替我戴上，微微扬起唇角："是啊，《偶像驾到》里有你和我之间的回忆，虽然舍不得，但我不想让你再因为它而痛苦下去了，所以，我们让它结束吧。"

原茗雅的办公室在一个电视台的最顶层，我和原一琦一路坐着通往二十五层的专属电梯上去，电梯门"叮"地开了。

我忐忑不安地左右张望着，除了古朴庄重的红木办公桌和别致的椅子，周围还摆满了很多古董花瓶。透明的陈列柜里，数不清的奖杯在灯光的照射下闪着光，满载着属于影帝的荣耀。

原一琦的声音变得冰冷起来："你是谁？"

我从他身后探出头，好奇地瞧了瞧，原茗雅并不在办公室，一位身材高挑的美少女站在桌前，正似笑非笑地看着我们。

她穿着黑色的铆钉皮衣、漂亮的短裙，高扎着马尾，神情干练，眼尾微

微向上勾着，带着几分魅惑，就像一只古灵精怪的小狐狸，但笑起来又十分亲和。

这个人也太眼熟了吧？和凌千影长得一模一样，但是……为什么穿上了女装？

我百思不得其解："你……凌千影的妹妹？没听说过她有妹妹啊。"

"错了。"美少女笑意盈盈地回答着我，眼角眉梢都带着熟悉的影子，她伸出修长纤细的手指指自己，红润的嘴唇一张一合，"我就是凌千影。"

第十一章
隐藏在层层迷雾下的真相

11

1

凌千影打了几通电话，将所有人都召集到原茗雅的办公室。节目组把一台台摄像机架起来，不断地调整着角度，导演大叔忙碌地穿梭在人群中，时不时高声地指点着什么。

我躲在原一琦的身后，看着眼前这个阵仗，忍不住问："这是在干吗啊？"

原一琦微微眯起眼睛，薄唇抿成一条直线，冷静地说："他们在准备直播。"

直播？

我们明明打算结束《偶像驾到》这个节目，怎么又稀里糊涂地掺和进了直播中？还有凌千影，居然一夜之间就变成了一个漂亮的女生！虽然他，不，她的长相本来就柔美精致，化妆技术也出神入化，我常常把她当成闺密，但我从来没想过她真是个女生。

我诧异地看向凌千影："千影，你打算公开自己是女生的事吗？这……这个时候公开也太疯狂了吧？不如再好好考虑考虑？"

"为什么不公布呢？"凌千影转过头，平静地看着我，勾起一抹柔和的笑容，"反正我女扮男装参加节目，隐瞒了大家这么久，也很累了，与其以后被人在网上爆料出来，还不如我自己大方承认。这样，我心里也能轻松许多，说不定还能为节目增加收视率。"

"我只是怕……"听着她还有闲心开玩笑，我欲言又止，最后还是下定决心说，"我怕你公布之后，会像我一样被人抵制，这种滋味其实不好受的。"

"白雪，你真善良。"凌千影静静地看着我，目光温柔而坚定，"你放心，我早就想到了后果。无论是好是坏，我都会勇敢地面对，所以你也不要逃避。"

我不由得怔住了……一路走来，凌千影隐瞒了自己的身份参加节目，到底经历了什么，我们谁也不明白，可是她依旧这么坚强，她比我要厉害得多，这样坚忍不拔的力量是我没有的。

不过，她说得对，不管是好是坏，我都应该勇敢地面对。

节目组紧急通知纪星哲也来参加直播。原本最活泼的他沉默不语地走了进来，悄声无息地站到了不起眼的角落，像鸵鸟遇到了天敌一般，蜷缩在那里，低垂着头，对周围的一切兴致缺缺的，没有半点儿大众偶像的风采。

"纪星哲……"我喃喃地叫出他的名字。

他变成这样，是从会议室的玻璃被激动的粉丝砸碎开始，归根结底还是我的责任。离直播还有一段时间，我和原一琦说了声，走到纪星哲身边，半蹲在椅子旁："纪星哲，对不起。"

纪星哲抬头瞟了我一眼，又惶恐地收回了视线："不……不是你的错。"

我看着他手臂上缠着的绷带，不由得愧疚起来："不，是我的错！要不

是我明知道钟心心是个阴险的丫头，还对她挑衅，说不定不会闹成现在这个样子……因为我，牵连到了你，真的很抱歉。"

"不，不要说抱歉！"纪星哲忍不住大声喊了起来，随后又像是怕被人发现似的低下头来，"不是你的错……白雪，该说对不起的那个人是我。"

"星哲。"我看他情绪越来越低落，担心地问，"你……你没事吧？"

他仿佛没有听见我的话一般，自顾自地说起来："我从小身体就很弱，上学的时候经常被欺负，渐渐变得胆小怕事，怯懦又爱哭……后来出道当了偶像，学会了用华丽的外表和夸张的言辞来掩饰自己，但其实只有我自己知道……无论我表现得怎样华丽，内心还是一个胆小鬼……"

听他剖析着自己的内心，我愣住了……这个节目里，真的每一个人都有秘密啊。

"自从录了这个节目之后，我认识了你……白雪，你改变了我，让我从那个只会逃避的胆小鬼变得想要守护重要的人。"

纪星哲小声地哭了起来："可是那块石头砸进来时，我被吓得动都不敢动，更别说像原一琦那样用身体护住你！我实在太逊了，没有脸见你，所以……不是你的错，是我太胆小了。"

"笨蛋。"我无奈地从口袋里掏出纸巾递给他，耐心地劝说着，"世界上没有谁是无敌的，在你眼中，我可能是个天不怕地不怕的女英雄，但其实我特别怕黑，也怕看恐怖片，还会怕独自一人走夜路。你已经很勇敢了，新闻发布会上的你帅极了，闪闪发光呢！这个我可做不到！"

纪星哲擦眼泪的动作顿了顿，小心翼翼地抬起头来："你说……我很勇敢？"

“对啊，要不是你，我就完了。”我拼命给他打气，“你已经很棒了！”

“我很棒……”

纪星哲呢喃着这三个字，眼里渐渐恢复了神采。

被我安抚之后，他终于打起了精神，就像一只被主人夸奖的哈士奇，只差没冲我摇尾巴了。他握着拳头，鼓起勇气，说道：“没错！我现在学会了收拾房间，还有了好几个朋友，我已经很棒了！”

我松了口气，看了看手表：“只剩三分钟就要直播了，你准备一下吧。”

“直播？”纪星哲一脸茫然，“怎么忽然要直播了？”

我奇怪地看着他：“不是给你打了电话吗？”

“啊，我只知道要到顶层来。”纪星哲被我盯得不好意思，垂下头来，“但我睡得迷迷糊糊的，没听清。”

他这马虎的性格，我早就习惯了，只得无奈地叹了口气：“千影待会儿要在直播里向大家公布她是女生的事情。”

纪星哲呆呆地看着我，眨了两下眼睛：“你说什么？”

我指了指坐在一旁正和原一琦聊天的凌千影：“千影要公布自己是女……”

终于，纪星哲的目光扫到了她，忽然一跃而起，惊恐地打断了我的话：“什么？凌千影是个女生？”

我无语地捂住了额头……他的反射弧未免太长了吧！

2

时间到了，一切准备就绪，我们站在导演大叔的身后，看着坐在沙发上的主人公——凌千影。

她的脊背挺得笔直，目光深邃地看着镜头，精致的脸上透出坚毅的神情："大家好，我是凌千影，在这里我要向大家坦诚一件事。熟悉我的观众应该知道，我是一个活跃于动漫界的角色扮演爱好者，不论男装还是女装，我都穿过。但是这一次，并不是我心血来潮想要扮演谁，而是我打算将自己最真实的一面展现给大家……没错，我就是一个女生。"

周围如同死一般的寂静，不明真相的工作人员面面相觑，脸上带着震惊的神情。凌千影侧过头来，对我微微一笑，平静地开口："我本来就是个女生，不过因为扮男装有了名气，所以被大家误认为是男生。原本我觉得对自己的生活没有什么影响，所以也没有解释……这件事没能及时告诉大家，实在抱歉。"

正在这时，我忽然听到"叮"的一声脆响，下意识地转过头看向电梯。只见穿着一身银灰色西装的原茗雅走了进来，气度非凡地站在节目组后面，见我看他，还好心情地向我摆了摆手。

我用手肘捅了捅原一琦，用口型说："今天这个直播，你爸爸好像一点儿也不惊讶，他是不是早就知道凌千影是个女生啊？"

原一琦蹙紧了眉头，漫不经心地回答："这个办公室没有他的允许，除了我这个亲儿子之外，哪有人敢擅自跑上来？这件事肯定就是他亲手策划的。"

本来坐在摄像机旁默默看着一切的导演大叔忽然开口发问："凌千影，能告诉我你为什么宁愿女扮男装，也要参加这个节目吗？"

凌千影微微张开嫣红的嘴唇，还没说话，一个低沉的声音就响了起来，传到了在场每一个人的耳朵里。

"因为这个环节是我早就策划好的。"原茗雅长腿一迈，来到了凌千影的旁边，语气沉稳地宣布，"是我让凌千影女扮男装参加节目，是我让她隐藏自己女主角的身份。"

女……女主角？

我惊讶地瞪大了双眼，低声问原一琦："这是怎么回事？女主角？"

"我也不知道。"原一琦的眼里满是迷茫，只能揣测道，"是不是……女主角其实有两个人？"

"这个节目的女主角不只优白雪一位，而另一位就是凌千影！"

原茗雅的声音虽然平静，却像是一颗炮弹在海底炸开，掀起了惊涛骇浪。

大家被连番爆料轰炸，瞠目结舌地看着眼前的一切，就连导演大叔也露出了不敢相信的神情。现场一片死寂，唯有安置在摄像机旁统计着收视率的线条在节节攀升，发出"嘀嘀嗒嗒"的提示音，证明着所有收看节目的观众快要沸腾了。

纪星哲像是脑子打了结，完全反应不过来："女主角从一位变成了两位？而另一个女主角还穿着男装混进了我们中间？等等……我还邀凌千影一起去过洗手间！"

原一琦难以接受地看着他们两个："老爸，我希望你能解释一下。"

"解不解释现在已经不重要了。"代替原茗雅回答的是凌千影，她目光柔和地看向我，慢慢说着，"这个节目的女主角以后也只有优白雪一个人。"

紧接着，她又扔下了一枚重磅炸弹："从今天开始，我要退出这个节目。"

"什么？"我终于忍不住站了起来。

虽然我和原一琦讨论过要结束这个节目，为什么提出来的却是她？到底发生了什么事，千影要退出？

"这是在搞什么？节目的噱头吗？"

"我怎么从没听说过？太突然了吧？"

"是啊，这一点儿也不像是安排好的剧情啊！"

……

在场的工作人员终于按捺不住，热火朝天地讨论起来，周围满是窃窃私语的声音。凌千影站在舆论的风暴中心，嘴角露出一丝苦涩的笑容，等议论声稍稍平息了一些，她提高音量说道："大家如果看过《王子复仇记》的新闻发布会，就应该知道，成臻因为身体的原因遗憾缺席。当时医院还没有给出确定的诊断报告，所以没办法对媒体讲得很清楚。不过昨天下午，诊断结果已经出来了，比我们想象中的要严重很多。"

我睁大了双眼，心中满是不祥的预感，仿佛多了一块阴影，随着凌千影的沉默不安地向外扩散，牢牢地攥着我的心，闷得难受极了。

凌千影长叹了口气，双眸黯淡下来："在很小的时候，成臻的大脑受到过猛烈撞击，留下了不轻的后遗症，时不时会头晕，严重时还会晕倒……"

这……我不敢相信地看着她，不是说这是幽闭恐惧症吗？怎么会变成撞击的后遗症？

"虽然他在国外医治了很多年，但始终没有什么好转，这次参加节目，因为遭受了很大压力，一时间病发，让他昏迷不醒……"凌千影继续说着，脸色渐渐变得苍白起来，"医生说，他的病已经很严重了，这次昏迷过去，也是撞击留下的瘀血压迫了神经……可能连生命都保不住。"

成臻有可能会死？

我倒吸了一口凉气，手指不自觉地颤抖了两下，眼前闪过一幕幕有关成臻的回忆——初次见面，他替我解围；甲板上，他与我愉快地谈天说地；王子日报，他不厌其烦地陪着我完成运动的任务；最终对决，他温柔细心地指导我跳华尔兹……

虽然成臻的告白我没能接受，但他仍然是我十分重要的朋友，怎么会这么突然遇到这样的事？

为了让自己安下心，我像是催眠一般，惶恐不安地对自己反复说："不会的，他不会死的……成臻那么好，老天不会不开眼把他带走的，他会好起来的。"

"他会没事的。"

原一琦握住了我的手，声音平静稳重，像安定剂注入我的心里，安抚了我的情绪。

凌千影那边的直播还在继续，她的嗓音十分柔和，目光却坚定果断："所以，为了去医院照顾他，我想要退出这个节目，感谢大家对我的支持和

第十一章 隐藏在层层迷雾下的真相

厚爱，希望以后能和大家再次相见。"

她已经说了这种话，就代表着直播该结束了，有一位工作人员却按捺不住好奇心，大声地问："你要退出节目去照顾成臻，那你和他之间……"

导演大叔瞪了那人一眼，挥挥手，示意大家赶紧切断直播，然而凌千影却阻止了他们，露出大方的笑容："成臻并不知道我是女生，真要算的话，是我单方面喜欢他。有时候我也挺羡慕优白雪的，能够和原一琦两情相悦，顺顺利利地交往。是吧，白雪？"

等等！她到底在直播上说了些什么啊！对面还站着原一琦的爸爸啊！

我瞠目结舌地看着凌千影唇边扬起的笑容，本来藏得好好的恋情，突然在全国观众的面前公开，让我连惊慌都忘记了，只能呆呆地站在原地，就连手都不知道该往哪里放了。

难怪这家伙一直那么努力地撮合我和原一琦……

原一琦的脸上露出一抹微笑，拉住我的手，得意地朝凌千影摆了摆，像小孩子一般炫耀道："是啊，我和白雪交往了，羡慕吧？"

我又转过头去瞪着他……

你这家伙，和她互呛什么啊！

导演捂着心脏，悲喜交加地看着冲到顶点的收视率，然后挥手，让工作人员把直播切掉。

等所有工作人员离开后，我红着脸朝凌千影走过去，磕磕巴巴地说："你……你公布自己的身份，怎么还公开我和原一琦的恋情啊？吓我一跳！"

凌千影不在意地说："反正早晚都是要公开的，害羞什么？"

"你……"我的脸更加烫了，只好转移话题，"你真的要退出这个节目吗？还有成臻，待会儿我们一起去医院……"

话音未落，原茗雅从我们身边路过，轻飘飘地插话："白雪，你和阿琦一起到里面的办公室来，我有话要对你们说。"

我被吓得一激灵，连忙高声答应："是！我知道了！"

凌千影"扑哧"笑了出来，视线落在原一琦的身上，意味深长地说："离开大楼之后，我要去医院照看成臻。不过比起我，原一琦，你才是最该去探望的人……如果他醒来看到你，应该比看到我还要开心。"

原一琦微皱眉头，不太理解她的话，冷淡地回应着："我和他的交情没那么深。"

凌千影耸了耸肩，语气轻巧地说："交情深不深，反正你等会儿就知道了。"

3

我躲在原一琦的身后，偷偷摸摸地朝办公室里张望，原茗雅正站在落地窗前，静默地看着远处的风景，背影挺拔得像是劲松，却不知为什么，隐隐透出了几分沉重。

我的脑海中瞬间闪现出了许多电视剧的画面：棒打鸳鸯、开支票逼迫我离开原一琦，或者情绪激动地表示如果我们执意要在一起，就把原一琦扫地出门，断绝血缘关系……

我越想越害怕，原一琦敲了敲我的额头，无奈地说："你又想什么呢？

表情精彩得都要赶上拍电影了。"

我神情严肃地回答他："你说，我会不会收到一千万的支票？"

原一琦愣了一下，不解地问："好端端的，我爸为什么要给你支票？"

"用钱让我离开你啊！"我观察着原茗雅的背影，说道，"电视剧里不是常演吗？"

原一琦翻了个白眼，径直开口："老爸，我们来了，你有什么事要说？"

原茗雅转过身来，脸上挂着温和的笑容，彬彬有礼地说："你们先坐下。"

他的态度越是平静，我的心里就越是忐忑。我不安地在沙发上坐下来，鼓起勇气说道："原叔叔，我和原一琦是真……"

"你们两个在交往的事情，我早就知道了。"他两手交叉摆在桌上，说，"作为过来人，你们这点儿猫腻还能瞒得住我？我家这臭小子，一向没什么朋友，更别说和女孩子亲近，态度总是硬邦邦的，你们刚来，我就看出这小子对你有意思。"

我惊讶地张大嘴巴："原大叔，你简直就是当代福尔摩斯啊！"

"我当初演电影的时候，可是演过许多大火的侦探片。"原茗雅微笑着说，"你能替我管住这臭小子，我可是举双手赞成的。不过这次，我找你们来不是为了这件事，而是要告诉你们一个被隐藏了许久的真相。"

"真相？"我疑惑不解。

原茗雅将《王子复仇记》的剧本摆在我们面前，平静地问原一琦："有没有觉得很熟悉？"

原一琦转移了视线，说："这是你故意设计的？还真是大费周章，反正成臻现在昏迷不醒，凌千影退出了节目，没有人会来演这个剧本，你死心吧。"

"其实这个剧本谁都没有辞演。"原茗雅慢慢地翻开剧本的第一页，指着上面分配的人物表，"你是那个富家公子尹琦，以为害死了幼时的玩伴，心灵变得封闭又敏感，而优白雪就是那个强行闯入你封闭的世界，把你重新带入到这花花世界的女孩子。纪星哲是被优白雪拯救，从一个爱哭鬼成长到直面自己的大众偶像，而凌千影是那个敢爱敢恨、坚持不懈地追逐着假王子的姑娘。"

他的手指最终落在了成臻的名字上，低声说道："而那位代替富家公子被劫匪绑走的'假'王子并没有死，而是改名换姓回到了熟悉的城市，展开他的复仇，然而此刻他正躺在病床上，等待着下一段剧情的开始。"

原一琦听出了原茗雅的话外音，难以相信地睁大了双眼："你……你在说什么？"

"一琦，成臻就是你小时候的那个朋友甄辰。"原茗雅的语气不急不躁，很是平稳，却带着一股令人信服的力量，"甄辰替代了你的身份被绑匪劫走，等我们找到他时，已经过了七天。他被关在一个狭小的黑屋子里，一周都没吃过饭，也没喝过水，奄奄一息地倒在地上。如果我们再晚去一会儿，或许就真的撑不住了。当时他整个身体的机能都很糟糕，不知道能撑过几天，怕你太担心他，所以我把他送到了国外去接受治疗。"

这一切都和成臻说过的话相符，他确实被绑架过，也去了国外治疗……这个故事可真是曲折离奇啊！

　　我抿抿唇，小心地看了看一脸震惊的原一琦，问道："其实他患的根本不是幽闭恐惧症，而是当初的后遗症？"

　　"没错。"原茗雅语气沉重，带着几分歉疚，"都怪我没有考虑好，他一个小孩子刚刚遇到绑架这种事情，被绑匪虐待，又被转移到异国他乡，自己孤单一人，肯定会胡思乱想……所以，等我发现时，除了后遗症，他还患上了严重的抑郁症，并且认为是我和一琦抛弃了他……"

　　我的心情也跟着沉重起来，曾经不惧生死保护对方的好朋友，如今变成这样，实在令人心痛。

　　我翻了翻剧本，看着《王子复仇记》的标题："原叔叔，你说成臻回来是为了复仇？"

　　"没错。"原茗雅将一旁的笔记本电脑拿过来，点开其中一个视频，"这是《偶像驾到》开幕式那天的监控录像，相信你们已经看过了，不过你们大概不知道对水晶灯做了手脚的人就是成臻。"

　　"什么？"

　　"你说什么？"

　　我和原一琦异口同声地叫起来。

　　"不过，看他的手法，应该只是想要破坏这个开幕式让你丢脸，并没有想到水晶灯会砸中白雪。"原茗雅继续展示着，画面中出现了我们之前没有看到的一幕。

　　浑身包裹得严严实实的黑影走出酒店大门，在拐角的路灯下将口罩拿了下来，向四周张望，这一幕恰好被路边的监视器拍到，清晰地拍出了他的脸。

熟悉的脸，高挺的鼻梁，但这一刻，他原本温柔的眼神却深不可测，让人猜不透他的想法。

　　"成臻……"原一琦握紧了拳头，痛苦地闭上了双眼。

　　不知过了多久，他跟跟跄跄地站了起来，像是失了魂一般向门外走去，一边喃喃自语："不可能，我不相信甄辰已经死了，他不会做出这种事。"

　　我拉不住他，急匆匆地想要追过去，却被原茗雅制止了："随他去吧，让他一个人好好冷静一下。"

　　眼看着原一琦跟跟跄跄地走进电梯，我只好重新坐到原茗雅的对面，叹了口气："这……唉，到底成臻为什么要对原一琦复仇啊？"

　　"大概没有了恨，就找不到活下去的意义了吧。"原茗雅微闭双眼，与原一琦相似的脸上显露出几分与年龄不相符的脆弱，"那孩子自绑架之后，就一直被病痛折磨，而我却因为自己的私心，怕让一琦受到良心的谴责，选择了隐瞒……久而久之，他不但不相信我，就连一琦也不相信了。不过这次，他大概是遭受到了别的打击，打算放弃复仇，再加上回到房间看到《王子复仇记》的剧本，受到刺激，所以一病不起。"

　　别的打击……

　　我脑海中灵光一闪，等等……之前在滨崎岛上，我拒绝他的告白时，就看到成臻的脸色格外苍白，那个打击不会就是我造成的吧！

　　一时间，愧疚的情绪占据了我的心，我低下头，紧紧地攥住衣角，说不出一句话来。

　　"阿琦这段时间大概不会想看到我。"原茗雅说道，眼神充满了真挚，"白雪，一琦拜托你了。"

4

一直相信的真相被人推翻，原一琦的内心掀起了怎样的波澜，我可以预见。原叔叔说得没错，他需要时间来慢慢缕清这件事。

我离开原茗雅的办公室之后，只是发了条短信叮嘱他注意身体，就拉着无所事事的纪星哲一起去医院探望成臻。

成臻安详地躺在病床上，外界翻天覆地的变化他全然不知，只是兀自沉睡在黑暗之中。我坐在一旁的椅子上，接过凌千影削好皮的苹果，心事重重地问："成臻和原一琦的事，你早就知道了吗？"

"知道。"凌千影已经换上了女装，但她还是保留着独特的英气，她俏皮地说，"毕竟我是追着成臻回国的人，还和原叔叔有过交易，这种事肯定是要调查清楚的。怎么？原一琦听说了真相之后受不了了？"

"他需要时间。"我啃着苹果，含糊不清地回答，"不过你和成臻是什么时候认识的？他不是小时候就被送到了国外吗？而且他为什么和你相处了这么久，都不知道你是女生？"

凌千影将苹果在桌上摆出一个漂亮的心形："他确实不知道我是女生，而且……他是在《偶像驾到》第一天认识我的。"

"喀喀！"我被呛到了，"这么快你就对他一见钟情、死心塌地了？"

凌千影微笑起来，说道："当然不是，我不是说过，我是追着他回国的吗？两年前，我在国外留学，因为人生地不熟，公寓离学校又有些远，所以我每天的任务就是背着小包到处认路。从公寓到学校的路上，有一个街头篮球场，那时就听说有个男生打球打得很出色，因为我很忙，一直没有机会去看。"

纪星哲坐在旁边听得津津有味，眼睛闪闪发光："难道那个人就是成臻？所以后来你看到他打球的英勇风姿，就一见钟情，沉浸于爱河之中，一发不可收拾？"

"什么乱七八糟的！"凌千影忍不住笑了起来，"那个人是成臻不假，但他打篮球的英姿，是我对他一见钟情之后才有机会看到的。每个国家都有一些不安定的犯罪分子，有一次我走在街上正认着路，忽然窜出来一个飞车党抢我的包。我一个女孩子，力气又不像白雪那样大，抵抗了两下，包还是被飞车党抢走了。"

我听着她的话，煞有介事地点了点头："没错，敢抢我，就要被送进医院了。"

凌千影的视线落在成臻的脸上，目光温柔，带着几分眷恋："就在我觉得完了的时候，一个篮球狠狠地砸在那个飞车党的头上，他摔倒在地。我转头看过去，就见成臻安静地站在不远处，对我微微笑了笑。他那时还是个青涩少年，却让人感觉内心充满着安全感。当时我就觉得他是上天派来的英雄，特地来救我的。"

纪星哲像是找到了共鸣，不住地点着头，感动地说："我懂我懂。"

我无语地朝他翻了个白眼，明明那么美好的故事，怎么被他这家伙一打岔，就怪怪的呢？

"英雄救美的故事虽然俗套，但没有亲身经历过的人是不会明白的！"凌千影握住成臻的手，语气透着甜蜜，"就是那么一瞬间，我就对他一见钟

情。虽然当时我还很胆小，不敢和他搭话，只能默默地守在他的身边，看着他打篮球，看着他上学……后来他回国了，我也不顾一切地追了过来。不过两年来，他根本不知道我的存在。"

我微微动容，忍不住落下了感动的眼泪："千影，你真傻！默默喜欢上一个人，就这么不图回报地陪伴了他这么多年，成臻要是不醒，我就揍醒他！"

"就是啊。"纪星哲撑着下巴，脸上浮现出几分羡慕，"参加节目的总共就五个人，白雪和原一琦交往了，千影，你又喜欢成臻，结果就我一个人单身。唉，要是有人能像千影那样喜欢我就好了，我也一定会全心全意地喜欢着她的。"

"扑哧！"凌千影忍不住笑出声来，被纪星哲一打岔，她脸上的最后一丝担忧也消失了，元气满满地说，"反正我已经决定了！以后成臻到哪里，我就追到哪里，哪怕是天涯海角，我会继续陪伴着他，给他温暖，让他从此不再孤单。"

"钟心心的爆料你们不要再传了，都是假的。反正我支持优白雪继续参加《偶像驾到》！"

"优白雪和原一琦简直就是欢喜冤家！希望他们能够幸福！"

"不知道大家为什么要抵制优白雪，有她在，节目真的很有趣啊！而且她和原一琦在舞会上超合拍，特别像城堡里的王子和公主！支持支持！"

……

我一边刷着微博，一边往原一琦的房间走去。

距离凌千影爆料自己是个女生已经过去三天了，那场一波三折的直播持续发酵，大家目瞪口呆地看着真人秀发展到这个地步，也不再发表反对我的言论，纷纷留言鼓励我继续留在节目组。也有一大批粉丝开始支持我和原一琦的恋情，我看着微博上那一条条暖到心坎里的言语，忍不住微微笑了起来。

至于钟心心的下场，就有些惨烈了，本来抵制我的粉丝们都转变了态度，开始抨击起她来。群众的力量太大了，还有一些节目组的工作人员正义感爆棚，在网上发布了钟心心诬陷我推她入陷阱的那段视频。一瞬间，她从人气美少女偶像跌落神坛，狼狈了许多。

真是自作自受。

然而，我还是忍不住担心原一琦。这三天来，他把自己关在房间里不出门，虽然说独处了这么久，却始终都没有想通，我总感觉要不是他承诺过我不会无缘无故消失，恐怕这时候已经不见人影了。

"咚咚咚……"

我轻轻叩响了房门，门内传来原一琦低哑的声音："门没锁，进来吧。"

推开房门，我见到原一琦，吓了一跳。只见他埋首在小山一般高的文件堆里，虚脱地趴在桌子上，仿佛已经筋疲力尽了。

他无精打采地瞧了我一眼，默不作声地继续看起面前的文件来，脸上一片惨白，眼睛下一片乌青。

"原一琦！"我吓了一跳，赶紧冲过去夺下文件，"你疯啦？是不是三天没休息？"

　　看来他是真的累了，任由我将已经签好的文件搬到茶几上，又将整个房间打扫了一遍。做好这一切之后，我搬来椅子坐在他的对面，不劝他也不拦他，只是安安静静地看着他。

　　"你不想拍网剧，不想接受现实，是你的自由。"我摇摇头，轻声说，"我就是来看看你，顺便告诉你，我和纪星哲和好了。"

　　"纪星哲？"原一琦意外地抬头看了我一眼。

　　"他小时候经常受人欺负，即使长大了，还是留下了很深的阴影，所以上次遇到砸玻璃事件，让他重新想起了童年受到的欺凌。他之所以躲我，是觉得自己没有你那么强大能够保护我。"

　　原一琦沉默地听着。

　　"在你看来或许有点儿可笑。"我深深地注视着他，"但你不也是一样吗？心中的阴影谁都不愿意面对，但起码他能够不再逃避，我觉得这样很好。"

　　原一琦转着手中的钢笔，不知在想些什么。

　　我没有继续劝他，而是闲聊起从凌千影那里得到的信息："我每天去医院探望成臻，凌千影告诉了我很多关于他的消息……原一琦，你知道吗？从他被解救出来到现在，成臻每个星期都要去医院接受治疗，直到参加节目才暂停下来……只可惜，他最要好的朋友却不知道他至今还深陷在当年的噩梦之中。"

　　原一琦紧紧地握住钢笔，眉毛猛地跳动了一下，压抑着嗓音说道："别说了。"

　　"你可以再次逃避，但有些事你必须知道。"我握住他冰冷的手，语气轻缓地说，"你应该清楚，能够在小时候舍命保护你的伙伴绝对不会伤害你。他和我们一起录制节目的时候，明明有无数次报仇下手的机会，却都没有做。就连那次开幕式，他也并没有真心想伤害你，只是不小心砸到了我而已……其实，他虽然说要复仇，但从来没有伤害过你。"

原一琦抗拒地摇摇头，不愿承认："或许只是他估算错误呢？摄像机那么多，他找不到时机下手而已，他……"

我扳过他的脸，与他对视："原一琦，你真的觉得成臻是这样的人吗？"

"我不知道。"原一琦撑着额头，十分疲惫地说，"这么多年过去了，大家都在瞒着我，我不知道什么才是真的。"

"有我在呢，就算所有人都瞒着你，我也会一直陪着你去寻找那个真相。"我将手掌抵在胸口，郑重而又虔诚地说，"我发誓，无论你要去哪里，我都会一路跟随着你。"

原一琦表情动容，眼眶微微发红，难得将他脆弱的一面展现出来："白雪，我其实很害怕，怕甄……成臻因为当年的事情责备我，我害怕看到他恨我。"

"你不试一试，怎么知道他怎么看待你？而且……"我顿了顿，"医生说，成臻的病如果继续发展下去，很可能会死。"

原一琦睁大了双眼，钢笔掉落在桌面上发出一声脆响："他会死？"

"你和成臻之间没有那么多的时间了。"一想到他的病情，我也情不自禁地悲伤起来，"成臻现在躺在病床上，只能靠你敞开心扉，拨开你们之间隔着的层层迷雾，所以不要再逃了，去勇敢地面对吧！"

　　"面对？"原一琦无措地低喃着，抬头呆呆地看着我。

　　似乎是为了想得更清楚，他闭上双眼。过了好久，他才仿佛想通了一般睁开眼，露出释然的笑容，对我说："是啊，逃避了这么多年，确实该面对了。"

　　我听到他说出这样的话，心中的巨石终于落了下来。

　　我拉住他的手，说道："我陪你。"

　　原一琦站起身来，虽然脸色依旧苍白，但恢复了往昔的神采。他专注地凝视着我，仿佛凝满了星光。我看着他的脸，情不自禁地露出了一个微笑，空气中满是温馨浪漫的气息，仿佛无数蔷薇在开放。

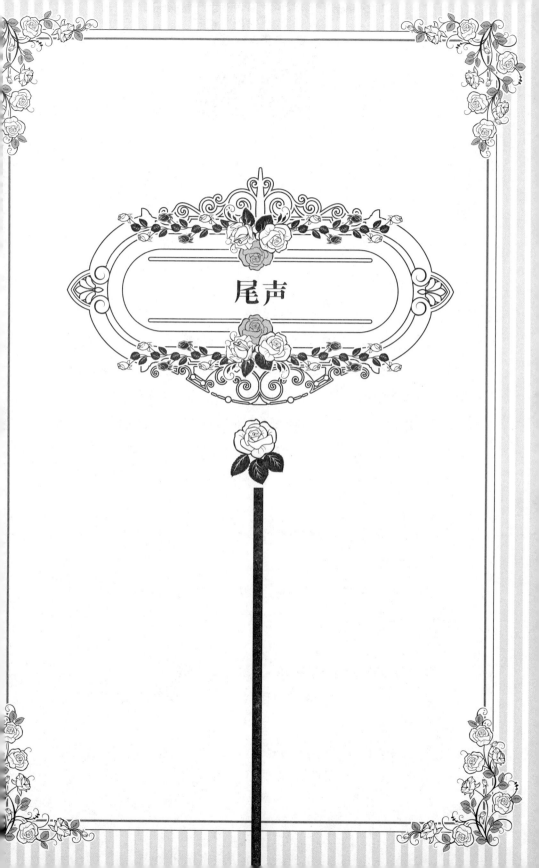

尾声

一个月后。

在一片树林中，寒鸦落在枝头，声嘶力竭地叫着，预告着不幸的降临。寒风凛冽，摇晃着枯干的树枝，阴森可怖。干涸开裂的大地上，只有几根枯萎的小草还顽强地扎在上面，伸长着脖子观看着眼前的这场戏。

我痛苦不堪地倚在原一琦的身上，嘴角满是鲜血，只觉得越来越冷。

原一琦的衣服上满是逃亡时被树枝划开的口子，他狼狈地看向近在咫尺的悬崖，不断安抚着我："你再撑一撑，我们很快就能逃走了！你一定要坚持住！"

视线逐渐模糊，听觉却越发敏锐，我听到一个熟悉的脚步声，正不紧不慢地朝这边靠近。

我颤抖着手抚向原一琦的脸颊，深情而又专注地看着他，想要把他的样子刻进我的心里："嗯，我……我会挺住，逃出去之后，我们就结，结婚吧……"

原一琦看着我，语气带着哽咽："好！我们结婚！"

我忍不住笑了起来，五脏六腑却搅成了一团，疼得我想要尖叫出声，却没有力气。

黑暗向我袭来，所有的一切变得遥远而又陌生。我拼着全部的力量，只来得及说上一句："我爱你……"

我的手无力地垂下，被原一琦抓住，他无措地说："你别睡，我还有好多话没和你说呢！你不要吓我好不好？"

观望着这一切的成臻放肆而又畅快地笑着，语气中满是复仇成功的快意："原一琦，你终于尝到了失去一切的痛苦！"

原一琦抱起我，温柔地亲了亲我的额头："一直没来得及对你说，我也爱你。"

说完，他头也不回地和我一起坠入了悬崖。

"卡！"纪星哲举着导演用的大喇叭，高声喊道，"这条过！"

片场的气氛顿时变得其乐融融，穿着女装的凌千影冲上来，为我们擦汗，笑嘻嘻地说："没看出来啊，什么时候这么用功了？最后这段演技简直往顶点飙升啊。"

"说什么呢！这就是我真正的实力！"我得意扬扬地说着，捅了捅一旁的原一琦，"你也快夸夸我。"

"我看你是真情流露，尤其是结婚那段。"原一琦不怀好意地说道，"是不是在着急地等着我向你求婚啊？"

我作势要打他，却被成臻颇为无奈地拉住："白雪，你悠着点儿，他可经不起你这一拳头。"

"我看打打也好。"凌千影说着风凉话，"反正他们两个不打一打架，皮都痒。"

"是是是，哪比得上你和成臻之间的浓情蜜意。"我撇了撇嘴，看着他

尾
声

229

们两个双双脸红，故意调侃，"还脸红了。"

没错！之前的一幕是我们在拍摄网络剧《王子复仇记》，哈哈！吓到了吧？

成臻一个月之前苏醒了，恰好是我劝原一琦去医院探望他的那天。当时，我和凌千影待在病房外，看着原一琦坐在沉睡的成臻面前，说了好多话，没等多久，他就突然冲出了病房——

"动了！他的手指动了！"

我们立刻跟着冲了进去，看到成臻仍旧躺在病床上安静地睡着。医生来后，欣喜地宣告成臻病情有了好转，还下了结论，说他不到三天就会彻底醒来。

凌千影激动得几乎站不稳了，被我搀扶着走到医院的休息室。等我回来时，就见原一琦站在病床前，表情复杂地看着成臻。最后，他握住成臻的手，低声说："快点儿醒来吧，我们还有很多话要说。"

成臻微微颤动的食指就像在无声地回应着他。

很快，成臻像医生说的那样彻底清醒了过来。

我和凌千影贴心地为这两位饱受命运折磨的好友留出了足够的空间叙旧。他们从日出一直谈到了日落，我不知道他们具体谈了什么，只知道原一琦从病房里走出时，突然紧紧地抱住了我，无声地哭了起来。那眼泪包含的意思太多，有欣喜，有释怀，还有对过往的告别。

我去探望成臻时，他逆着光翻看着《王子复仇记》的剧本，对我说："白雪，我放弃复仇了。祝你和原一琦幸福。"

那时，我才真正地明白，成臻和原一琦已经从过去的泥沼中走了出来，而且也决定坦然地面对过往，参加《王子复仇记》的拍摄。

成臻对凌千影女扮男装的事情虽然感到很惊讶，但他也接受得很快，只是不懂凌千影为什么这么热心地照顾他。而凌千影虽然敢爱敢恨，但也有着一股执拗劲儿。她太过熟悉守护者的位置，当成臻问起她这个问题时，总会被她扯到别的话题上，看得我一时心急，就趁凌千影不在的时候，一股脑儿把所有事情都告诉了成臻。

当时成臻沉默了好久，脸颊泛着红，眼里却泛起了泪光。

隔了几天，我再去探望，从小窗里看到成臻和凌千影的身影，正要开门时，听到凌千影微颤着声音，大声说道："我，我就是喜欢你！怎么了？我一辈子都会喜欢你！"

那句告白是她鼓足了所有的勇气说出口的，声音大到连门外都能听得一清二楚。

夕阳的余晖洒在他们两个人的脸上，染上霞光。

我默默地离开医院，算是回报凌千影当时撮合我和原一琦的好意。

虽然他们到现在为止还没有公开在一起，但以我敏锐的目光来看，肯定也不远了。

尾
声

杀青后，我们嬉笑着在台前一字排开，冲着镜头露出自认为最完美的笑容。纪星哲设定了定时功能，飞也似的窜上了台子，却被幕布绊住，摔在了我们面前。我们伸手去扶他，恰好在此时，快门声响起，将这一刻定格在了相机之中。

纪星哲揉着胳膊，急切地问："怎么样？拍得怎么样？"

　　摄像师看了看，高声说："其他人都还好，你就露了半张脸。"

　　他扑腾着在地上耍赖："不行，我还要再照一张！我才露了半张脸！才半张脸！"

　　纪星哲虽然在我们面前还是像从前那样黏人又爱耍赖，但他也在努力地向前走，一改从前弱不禁风的模样，开始去健身房锻炼身体，让自己越来越强大。他还为这次网剧写了主题曲，在网上的试听不到一个小时就突破了三千万。

　　"好吧，那就再照一张。"我无奈地妥协，对摄像师说，"这张就留下来吧，洗出来的时候记得在后面写上一行字。"

　　摄像师挠了挠头，茫然地问："什么字？"

　　大家相视而笑，异口同声地说："《王子复仇记》的最后结局！"

　　谁说复仇的结局一定是悲惨的？

　　我们偏偏要选择最完美的结局，那就是所有人都得到幸福！

花开缘起·花落缘灭

●唐家小主

——世上最让人参不透的字是"悟"，最让人逃不开的是"情"。

· 玉容寂寞泪阑干，梨花一枝春带雨

楚少秦：我不准你爱上其他人，你这辈子只能爱我一个人，你是我的。

梨秋雪：我恨他，可是我也爱着他。

——《梦回梨花落》

· 砌下落梅如雪乱，拂了一身还满

辩真儿：忘尘这一辈子，世人皆可见，唯不见红颜。

柳追忆：辩真儿不是世人，我也没爱过世人。

——《眉间砂》

梦回当年，梨落成泥，江山永隔
红梅乱雪，琴弦挑断，岁月永殇

最 怕 爱 你 至 白 头 ， 此 生 不 得 终 /

这个季节，

美少女&音乐&王子& 完美饮品&大明星 通通在等你

花漾年华　清甜一季　偶像剧必备元素

这里通通都有!

你还在等什么？一起来看看吧！

NO.1 比肩SHN48的女团大作战

《轻樱团夏日奇缘》 松小果

内容简介：

梦想成为演员的邻家少女许轻樱稀里糊涂成了国内最受欢迎女团Pinkgirls的成员，还一不小心成了"门面担当"，成为整团形象的代表！

喂喂喂，你们不要私自做决定好不好？

可是为什么从萌系队长彭芃到时尚圈小公主安琪都大力支持？

许轻樱有些头大，不得不求助青梅竹马的"学霸"徐晚乔来帮忙，结果他不仅帮她搞定了日常琐事，甚至还帮她们团队完成了打造专属电视节目的梦想，简直就是与她心有灵犀版的"哆啦A梦"！

就在她们即将成功的时候，同公司的"国民王子"杜墨却突然跳出来，不仅跟许轻樱拍广告上节目，甚至还跟她传出了桃色绯闻。

许轻樱被公司暂时雪藏，可是人气总决选也即将到来！危机一触即发，轻樱的反击也必须开始……

进击吧，许轻樱！

NO.2 为梦想而战的古琴少女

《琴音少女梦乐诗》 茶茶

内容简介：
一声弦动，千年琴灵从天而降，平凡少女薛挽挽的命运开始发生翻天覆地的变化。
对音乐一窍不通的薛挽挽在琴灵的威逼之下加入器乐社，却发现器乐社的气氛异常尴尬。温柔社长和火爆小提琴手在社团里面必大吵，各怀秘密：毒舌王子季子衿身份成谜，却总在关键时候出现，还会独自一人在湖边吹埙；混血少年看不起中国音乐，竟然还是钢琴天才……社团里到底还有多少秘密？
古琴进阶之路十分坎坷，想放弃的薛挽挽突然发现，谜一般的季子衿似乎和她死亡多年的父母有着千丝万缕的联系。十年前的事故，是意外还是阴谋？消失十年的千年古琴重现，所有的线索似乎已经串连到了一起……
我们所看到的，真的就是真相吗？

NO.3 大脑脱线的貌美王子

《我家王子美如画》 艾可乐

内容简介：
存在感微弱的"透明"少女苏苹果，
某天竟然从许愿樱花树下"挖"出了一名貌美如画的王子殿下！
哈哈，难道她从此撞上绝世大好运了吗？
不不，樱花王子只有颜值，智商严重"掉线"，"撩"妹不自知，送礼送心跳……
苹果都后悔答应帮他完成秘密任务了！
可狡猾如狐的路易王子，傲慢的贵族少女阿尼娜来势汹汹！
一名爱算计人心，一名对王子虎视眈眈，透明少女能勇敢逆袭，为她家的蠢萌王子抵挡住强敌吗？
奢华美色，暖心拥抱，满分微笑，浪漫甜吻——
让艾可乐带你玩转现代宫廷恋爱！

NO.4 神秘的独家饮品

《仙月屋果味不加糖》 巧乐吱

内容简介：
这里是仙月家，欢迎品尝特饮师的独家秘制饮品！
击败美少年的四季思慕雪，温暖又让人坚强的草莓阿法奇朵，比哥哥更让人安心的水果豆奶茶，还有充满爱和惊喜的欢乐彩虹，每一杯都有它们专属的故事。
校草东野寒热情无脑，天才南佑伦温柔似水，机灵少年西存纪天使脸蛋恶魔心，冷酷冰山北间鸣苦恼别人看不出自己的表情，双面特饮师具小仙莫名被拉入由他们组成的神秘事件调查队，只好隐藏身份，步步为营。
哥哥的下落不明，南佑伦的身世似乎有隐情，幕后黑手若隐若现，具小仙该如何在四大校草的包围中解开接踵而来的谜题？
真相永远只有一个，直击味蕾与心灵的甜蜜大战一触即发！

NO.5 清新治愈的超级大明星

《心跳薄荷之夏》 茶茶

内容简介：
长跑是慕小满的梦想，她失去了……
孤儿院是慕小满的充满回忆的地方，也快要消失了……
元气少女慕小满，为了获得拯救孤儿院的资金，志忑地跟坏脾气的大明星时洛签下百万真人秀合约，却在接近时洛的过程中，在这个除了颜值什么都没有的大明星身上感受到被守护的感觉，慕小满慢慢沦陷。
可是，来自时洛的堂弟时澈莫名的追求和已经成为富家千金的昔日孤儿院好友的陷害，让慕小满和时洛的关系渐行渐远。而时洛背后，一个始料未及的来自最亲近的人的阴谋，正在慢慢浮现……

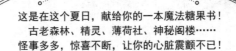

西 小 洛 重 磅 推 出
《关于未来，只有我们知道》
姊 妹 篇

未来·过去　现实·梦想
迷茫·无措　蜕变·自由

认识苏遇唯
是秦晔这一辈子最幸运的事情

如果等到你需要十年
我会等你无数个十年
直到等不了

关于过去，
只有我们
记得

西小洛 / 著

大揭秘：
文中将有《关于未来，只有我们知道》里的角色登场！
这个神秘人物究竟是谁呢？

请关注西小洛2017年新作
《关于过去，只有我们记得》

越过时光拥抱你

YUEGUOSHIGUANGYONG

心灵治愈系

BAO NI

要以多大的**勇气**
才能越过时光的喧嚣
拥抱到宁静孤单的你

走过时光
拥抱你

奈奈 著

你终于将心中藏着的那些话告诉了她，那些百转千回，在心中已然酿成一壶烈酒的爱慕之意，原原本本，没有偏差地传达给了她。你紧张极了，手足无措。她低着头看着脚尖，时光呼啦啦在她身后倒退，仿佛回到了那年，你站在台上，她在台下，她出了糗，你忍不住低笑出声。

我是喜欢你的呀，她对你说。

要以多少的想念
才能穿越拥挤的人潮
找到迷失在风雨中的你

若**长久**是种**无缘** 那么**初见**就是**奢侈**
若最终我们能拥抱 又何惧时光飞逝

《越过时光拥抱你》
人山人海里，你不必记得我
但我会永远记得你

奈奈

爱至荼蘼，夏季微凉

震撼人心的青春文字 刻骨铭心的青春时光

镜，可不可以有那么一次，
在我和陆以铭之间，你能选择我？
只要一次就好……
——季然

季然，你告诉我荼蘼花的花语是"末路的美"。
花，已经开到了荼蘼。
我们，能否不要说再见？
——夏镜

你说，陆以铭，我喜欢你。
你说，陆以铭，后会无期。
最初相爱的我们，最终，还是错过了。
我却还来不及说一句，我爱你，夏镜。
——陆以铭

AI ZHI TU MI , XIA JI WEI LIANG /

叶冰伦/作品

从然走到末路，也依然有爱相伴。
总好过你我还在，却形同陌路。

不疯，不爱，不后悔

美丽优品
Merry Product

遗憾掩盖了无憾
现实冲破了理想

妥协战胜了斗争

年少时的我，
一往情深却爱而不得。
少年时的你，
小心翼翼又字字锥心。

■

叶冰伦/作品

我们唱着**离别**的歌，
却不愿说**再见**

那些温暖的、冷硬的、
感动的、疼痛的、清浅的、
深刻的青春回忆，

那些整日吟唱的离别，
那些不愿说出口的再见，
是否飘散在时光中？

记录下一个没有坏人、没有血腥与杀戮，却是世界上最残酷的故事！

绝世美男团的 "男子力" 角逐大赛

绝世美男团强势来袭
独家上演的
"男子力" 角逐大赛
现在开始!

选手1号·骑士范

姓名：安芜染

代表作：松小果 《美型骑士团·星辰王女》

制服宣言：美型骑士前来觐见，星空闪耀下的骑士精神是我最大的信仰。

内容简介：

"学霸"夏小鱼最大的爱好是看参考书；最喜欢的游戏就是做参考题。

可是谁来告诉她，为什么她突然得继任什么星空守护使，还要负责守护星空城的和平？这简直是在浪费她做题的时间！

还没等她反应过来，星空守护三骑士绚丽现身——

永远欺压在她头上的全校第一天才美少年安芜染说话刻薄就算了，还敢嫌弃新任守护使？

天使般可爱"正太"樱寻狐岛竟然足足有三百岁，结果莫名其妙地被抓走？

拥有奇特思维的"酷炫"系不良少年息九桐暮姗姗来迟，怎么是"吃货""话唠"？

呜呜呜，为什么解除骑士魔咒的办法是星空守护使的祝福初吻？

"学霸"少女的日常生活完全混乱啦！

晚安 明晨有最美的太阳

曾经，你想要不满足任何人的期待而活。梦想给人力量，可也会把人灼伤。亲爱的，不管黎明破晓前的世界有多黑暗，明晨依然有最美的太阳。而你终将会活成自己想要的模样。

畅销作家毕淑敏，首部晚安短篇集

35 个温馨故事，与你走过每一段彷徨迷惘。

/// 世上浓情是最淡，人间有味是清欢。在这匆匆浮世，我们总是在追求着利欲繁华，却反而忘记了内心的平静。《晚安·明晨会有最美的太阳》，作者用最质朴、最诚挚的笔触，触动你内心最柔软的角落，让你回忆起那份久违的温暖与感动。

——菜菜酱推荐

/// 如果人生是一场漫长而有趣的旅行，那么毕老师的"晚安"系列则可以称之为绝妙的指南书。

——新浪读书

/// 毕淑敏老师用细腻入微的笔触去感受生活，品味人生，给在迷茫中孤独无望的人带来最贴心的温暖。

——十点读书

"晚安"系列

十年磨一剑，天才作家倾力之作，马伯庸"马亲王"钦点的科幻神作！

当科幻加上修真，再经过四万年的发展，大宇宙时代的文明之战，将会酝酿出一个怎样的热血传奇？

◈ 简介：

星域四万年的奇妙时代，上古文明与未来文明完美结合，电脑被超能晶脑取代，战甲升级为华丽晶铠，英雄们驾驭着晶石战舰在无尽星海中纵横驰骋。

从此，人类的征途不再是地面，而是那无穷无尽，犹如幽暗丛林一般危机四伏，并充满了强大异族文明的浩瀚星空！

展现最热血的星际冒险，与最刺激的文明之战！

它，是起点中文网年度科幻黑马！

它，一经问世便横扫起点各大榜单，迅速聚拢百万铁杆粉丝！

它，所改编的同名漫画人气突破6400万！

它，就是火遍全网的科幻巨著——《星域四万年》！

春有桐花冬有雪

路过苏轻心生命中的三个少年

· 魏然

——亲爱的轻心，永远不要对别人掉以轻心。

他是她年少时心底的柔软与温暖。他满载桐花而来，身披冬雪而去。他爱她至深，一辈子也忘不了。可是一辈子的羁绊，最终溃散成泥泞。

· 张以时

——苏轻心啊，别哭了，别害怕。

他是苏轻心绝望时的守护神，永远装作事不关己，却又对她极尽维护。他守住了这个世界上无人知晓的秘密，永永远远地消失在那场大雨之中。

· 池越城

——你真的没有爱过我吗，哪怕一点点？

池越城永远不知道，苏轻心曾对他动过情。只是动情和动心是完全不同的概念。可是，他们注定无法白头到老，即便他是唯一一个拥有过苏轻心的人。

那个重见光明的女孩，
走过下满白雪的小道，轻轻吟唱：
春有桐花，幸而你在旁。
冬有雪花，最好你在场。

《冬天该很好，你若尚在场》
可你不在场

西小洛 作品

林深见鹿，鹿有孤独

锦年 著

【林深小剧场】

前言： 令余南笙没想到的是，两年之后，换了新的城市、新的工作环境之后，自己竟然又落到沈郁希的"魔爪"中。一想到自己刚进报社那段"不堪回首"的日子，余南笙的心里就禁不住打了个冷战。而更令她想不到的是，她工作之后的第一个任务竟是访问刚刚从战地回来的沈郁希。

访问彩排中：

余南笙（好奇脸）：沈老师都去了哪些国家啊？（内心：这可能是一次报仇的好机会！）

沈郁希（面瘫）：很多。

余南笙（继续好奇脸）：有什么经验能和我们这些普通新闻工作者分享的？

沈郁希（继续面瘫）：没有。

余南笙（尽力掩饰尴尬）：那……沈老师，你得知自己获得最佳新闻人奖时心情是怎样的？

沈郁希：实至名归。

余南笙（微笑脸）：沈老师在做战地记者的时候遇到了什么特别的人吗？（内心：沈郁希，你一定是故意的！再不配合点，我要掀桌子了！）

沈郁希（看了一眼余南笙的表情，努力憋笑）：特别的人没有，但经常会想一个人。

余南笙（脸微红）：那有没有遇到过很危险的情况？（内心：啊，在说我吗？）

沈郁希：有啊。

余南笙：所以你这次是打算回归平淡，不再过枪林弹雨的生活了吗？

沈郁希微微一笑，直直地看着她。

沈郁希：想着如果我受伤一定会有人担心得要命，我不想再让她担心了。

余南笙（假装一本正经）：我想，网友们一定想知道，这位令沈大记者魂牵梦萦的人究竟是谁。

沈郁希（弯了弯唇角）：这个嘛……无可奉告。

余南笙：啊，沈郁希，你别跑！我还没问完呢……

沈郁希起身拿了瓶可乐，然后回了自己房间，表示并不想再进行这样毫无营养的访问。

而余南笙一怒之下，打开超市购物袋，打算把沈郁希准备晚上看球吃的零食全部消灭。

《盛爱晚夏》

年少的她，为了爱勇闯直前，却因无心犯下难以原谅的错。

而命运似乎嫌她不够悲惨，在黑暗中张开巨大的手，将她推入深渊。

从此，他再也无法听到她甜甜地叫自己——小季哥哥。

她从被人捧在手心的公主，沦为阶下囚。

两年后，当盛夏从铜墙铁壁中再获自由时，等待她的，又将是什么？

——你不能要求一个不喜欢你的人对你多好。

——那现在你为什么又要接近我？

——因为我喜欢你。

《盛爱晚夏》

——安晴巨献"救赎"系列第二部

愿年少时所有的过错都能被原谅，

愿心中的善念才是最终结局。

那些逝去的美好或不如意，

都将在时间的长河里安睡。

这是开往夏天的车，

往后都是绿叶成荫，

繁花似锦……

守护甜心，羁绊之结

凉桃 著

本该八竿子也打不到一起的人竟然意外相识，成为"**假情侣**"。

发展到最后，"**冒牌女友**"正式上位，来了一场弄假成真的戏码。

少女的浪漫
人与妖的冒险
鲛人千年之恋的痴情
亲人间的背叛

在《守护甜心，羁绊之结》中，凉桃将一一为你展现！

"朝，朝向晨……"

"嗯，我在。"

"朝向晨？"

"我在。"

"向晨？"

"我在。"

"小白脸？"

"我在。"

"大浑蛋？"

"我在。"

我在，我在……这次，无论你叫多少遍，我都在。我再也不会离开你了……

史上最 "怪癖" 美少年

兼具 "实力、帅气、稳重、优雅、冷静"，
但—— **无法接受女生的碰触！**

平凡少女郁小安

由于一次可怕事件，从此变身 "非人类"。
然而，这还不是最惨的，更奇怪的是，她居然还失去了从前的记忆！

——欢迎来到喵哆哆的奇异世界！

帮闺密送情书掉下树，和美少年靳藤渊结下梁子；
得罪万千少女的偶像，甚至还成为他的贴身助理；
撞坏大帅哥羽之铭的豪车后视镜，欠下巨债……

为什么偶像剧里的情节，全都发生在她身上？

两年前的旋转木马纵火事件
灵魂修复师X隐身变色龙

"非人类" 少女和 "怪癖" 美少年之间的
恋情，到底有没有好结果？

谜底即将揭晓！

魔魅小教主喵哆哆
年度全新打造

眼泪与爆笑交织，
将你的感动，刻在心上！

魅丽优品
Merry Product
©SOL.Bianca Creation works